五十音不靠背

不靠背

神奇裘莉 著

學過一次記得一輩子的假名課

學好五十音，日文成功一大半

　　日文中讓人背不起來的平假名、片假名，其實源於中文，而且保留了千年演化的痕跡，在外型和讀音上，都和中文脫不了關係；其中有些是中文的古音，有些和現代華語相通，所以你只要知道來龍去脈，一定很快就能把五十音記下來。

　　回顧歷史，其實大多數文字生成的源頭都是象形文字。中文如此，古埃及文字如此，古巴比倫文字（就是漢摩拉比法典───世上第一部成文法典上所用的文字）以及我們現在熟知的英文字母，其實都是從象形文字演變而來。只不過英文字母最終以標記讀音的功能使用，而漢字則保留了表意文字的特質。然後，漢字被日本人「借去」當做表音文字使用，才因而有了五十音。

　　你想學好日文嗎？照理說，已經懂得漢字的你，學起日文來應該事半功倍。但很多人學日文一開始就在五十音卡關，背不住五十音，感到困難、被恐懼綁架，結果錯失了機會，而和這對我們而言相對易學的外語擦身而過。

　　然而為什麼會有這麼多人記不住五十音呢？中文字循六書原則創造，「很有邏輯」；而五十音乍看之下，就是一堆除了靠死記，讓人束手無策的符號。但其實五十音不是憑空產生，五十音根本就源於漢字，因此對於記得住上萬個中文字的人而言，多記住五十音，其實是不困難的事。

本書使用說明

　　本書分為四個章節。前兩章是你所需要的所有基本知識，後兩章是讓你打鐵趁熱開始運用新學會的五十音，進入閱讀、使用日文的情境，以徹底將五十音納為囊中物。

　　第一章告訴你日文的由來，讓你從歷史淵源了解日文字和中文字的關聯。只

要看過這一章，你就懂得為什麼你「不需要害怕五十音」，而有這一層背景知識，對於你學進階、高階日文，了解日本文化深層的內容時，都有幫助。

第二章是所有你需要的五十音及基礎日文知識。本書會先透過你所熟悉的中文、臺語詞彙，讓你發現，原來這些五十音在你生活中經常出現，一點也不陌生。在這裡，你也會學到和各個五十音相關的簡單（但讓你如有神助的）文法，這樣未來你要銜接進階教材時，就能更游刃有餘。以下介紹本章內容模式，讓你使用時更得心應手。

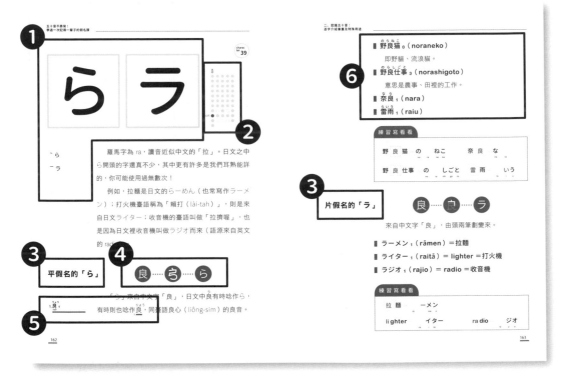

❶九宮格上的五十音及筆劃。書寫比例和筆劃是漢字文化圈中基本的文字元素。能掌握正確比例和筆劃，書寫出來的五十音才能稱為「正確的文字」。

小叮嚀：反覆書寫是記住圖像文字的捷徑———你可以用手指沿著書上九宮格中的五十音寫隱形字，或是另外拿本你中意的筆記本練習，每個字寫滿一面，就能有很好的練習成效。

❷ 這個五十音位在五十音表中的哪個位置。例如圖中的ら/ラ（ra）位於ら行，屬 a 段音。

❸ 每個五十音分為平、片假名兩部分，單一個讀音的不同字型放在一起學習，記憶效果更好。

❹ 解釋每個文字如何從中文字演變成五十音。原來五十音不是難解的符號，而是由我們最熟悉的中文字轉化重生！

❺ 書中出現的日語詞彙都會標註假名，如果你看到假名音標還不是很確定怎麼發音（畢竟你是初學，這完全合理！），請參照彩色底線旁標示的數字，在側邊欄找到對應的日文詞，再參考下面的羅馬拼音❶及右下角的紫色重音❷標記來發音。

小叮嚀：當你讀本書到第二、三次，五十音越來越熟練時，你就可以忽視羅馬拼音，單純靠假名發音，甚至進步到只看漢字就知道讀音！

❻ 本書精選眾多來自中文，且保留漢語字型、發音的詞彙，讓你自然地體會中文、日文間的緊密連結，並透過這些詞彙來加深五十音的學習成效。吸收這些知識後，你將發現自己的中文能力，是你學習日文的最佳墊腳石。

小叮嚀：日文詞旁邊的小數字代表日語重音位置（重音是什麼？參閱附錄：日語重音）。你也可以掃描以下 QR-code，邊聽音檔邊練習。

QR code!

單字音檔懶人包
http://bit.ly/julie50on

---

❶ 本書羅馬字標示以較能表現準確日語音的赫本式（ヘボン式）為主。若為以赫本式（見 P267 之長音轉換規則）輸入電腦得不到相應單字之少數詞語，則以訓令式 /99 式等替代，以利讀者利用電腦網路進行延伸學習。

❷ 本書重音資料參照自：三省堂新明解国語辞典第三版、Weblio 辞書（三省堂大辞林第三版）（https://www.weblio.jp/）、Online Japanese Accent Dictionary（http://www.gavo.t.u-tokyo.ac.jp/ojad/）。出現以下三種情況者，本書原則上不標示重音：1. 連語、略語、店名等。2. 重音位置非有定論。3. 重音位置取決於其前後相連詞語。

　　第三章神遊日本是本書最重要的單元。讓你短暫記憶五十音並不困難，但要長期記住這些新文字，讓你大量接觸、體驗運用五十音看懂日文的過程，是最好的方法。這章以赴日本實地取材拍攝的街頭照片，讓你親自體會「自己看懂日文招牌、菜單」的感覺。同時，本章也會將這些日文文字乘載著的文化內涵細細解說，讓你熟悉日文，也更了解日本。我也建議你，遇到有興趣的內容，就自己上網多查一點資料吧。學日文，只要你有興趣，願意主動，就能輕鬆又愉快！

　　第四章動手寫日文，請遵照內文的解釋，開始運用日文嘗試實際跟他人溝通。實地使用一種語言，它才會逐漸成為屬於你的技能。你可以在網路上留言給陌生人，也可以手寫幾張卡片、便條給周邊的親友。即便他們看不懂日文也不要緊，你可以解釋給他們聽———說不定過沒多久，你就因此多了一個一起學日文的好夥伴！

開始學習前，你該先了解：

　　日文分為表意文字和表音文字。所謂的表意文字，其實就是漢字。日文中「常用漢字」約有 2000 字，深入學習的使用者，則能通曉更多漢字。而表音文字，則是日文獨有的「五十音」。五十音加上濁音、半濁音等，共約有七十種表現，也就是七十種讀音，這包含了日語的所有發音———看起來比英文的 26 個字母多出幾乎三倍，讓人頭痛，但其實只要會讀這七十種音，基本上就已經能唸出任

何日文。

　　相較之下，同樣是表音文字的英語，和日語的五十音差異最大的是：英語中每個母音可能有多種唸法，比如 a 可唸作 apple 的「啊」，又可唸作 ace 的「欸」，This is a book 的「呃」。加上前後子音變換，字母排列組合，湊成單字後，英語可產生上千種變化，變得非常複雜。最好的例子是 banana（香蕉），這個簡單的英文單字，要怎麼發音呢？

　　其實英語正確讀音唸起來應近似「ㄅ內娜」，而不是大部分人誤讀的「把娜娜」。為什麼這麼簡單而常用的單字，受過長年英語教育的我們，居然還讀錯呢？那是因為沒有意識到 a 不只讀作「啊」，於是將 banana 輕易地唸作「把娜娜」，形成錯誤。殊不知 banana 這一個單字中有三個 a，但出現在不同位置、前後子音影響，讀音就各自不同了。在英語的世界裡，如果不是熟知各個單字的使用者，很難單憑字面就知道怎麼讀得正確。

　　這還只是從讀到說的部分，另一方面，從聽到寫，則更麻煩。英語聽到耳中，究竟是怎麼拼，用了哪個母音，是無法確定的，需要經過幾番確認和深入學習才能掌握單字的拼法；日語卻是一對一的，只要聽得到，就能寫得出來———只要掌控五十音的寫法和讀音，任何日文書都能「唸得出來」。再加上我們所擁有豐沛的漢字知識加持，能輕易猜中大多日文漢字詞彙的文意，那麼學會日文也只是水到渠成的事而已。

　　不論你是否已經「背熟五十音」，來跟我一起以「不靠背」為最高指導原則，深入五十音的世界吧。本書會告訴你從日語到日文，是怎麼形成文字，讓你真正了解五十音的來龍去脈；在對五十音知根知柢的情況下，再從容地利用各式各樣生活中可以觀察到的日文，你就更能體會「看得懂日文」的快感。給自己一次機會，重新認識五十音……五十音原來可以很有趣的呦！

目次

從日語到日文

01

中文書籍傳至日本，
日本人才首次學習「文字」這項劃時代的發明

《淮南子》中有句話說：「昔者倉頡作書而天雨粟，鬼夜哭」。倉頡創造了文字，竟然使得天上掉下粟米，鬼怪夜裡嚎哭嗎？不是這樣的，其實這是讚美文字的偉大──因為有了文字，人類生產力提升、知識傳承累積，因此帶來技術進步，使稻作豐收宛如天上掉下粟米，而怪力亂神也因為思想開化而式微，鬼怪嚇不到人了，只能在夜裡哭泣。

文字確實偉大，**文字是原始與文明的分歧點。有了文字，才能記錄。能記錄，才有知識的代代相傳。**知識累積使科技進步，科技讓人豐衣足食，衣食足而無憂，文化才能蓬勃發展，環環相扣。

未出現文字前的時代裡，想傳承知識只能靠口述，因此被稱為傳說時代，以口傳、用嘴說。但任何事在口耳相傳之下，內容難免被加油添醋，結果傳到最後三分真實七分杜撰，就成了虛構，而失去真實。可是，在文字誕生後，一切都不同了。

有了文字，史家得以為文，將重要事件始末記載

下來，讓史實得以傳之後世而不因為傳遞的人們多說一句、少說一句，就越傳越誇張，於是歷史才進入信史時代。信史——讓人可以相信的歷史，信史和遠古的差別，就在於文字。

中國進入信史的時間點很早，目前可以確認最早的文字在殷商時期已經出現，商朝文物大禾方鼎現藏於湖南省博物館中，而記載在這殷商青銅器上，可溯源三千年前的甲骨文，至今仍清晰可見。但文字並非文明發展下的必然產物，**世界上有許多雖有發展出語言，卻沒有發展出特有文字的地區，日本就是其中之一。**

日本與中國鄰近，卻一直沒有發展出文字。雖然有西元 57 年的漢委奴國王金印在日本出土❶，西日本也曾經找到西元一世紀王莽時期的貨幣——「貨泉❷」，兩者都印有漢字，但沒有任何證據顯示日本在當時對文字產生興趣，或是已能運用文字。事實上日本開始有使用文字的跡象，最早應是西元 5、6 世紀的古墳時代。❸

❶ 在《後漢書》光武帝本紀中記載：「中元二年（西元 57）春正月辛未，東夷倭奴國主（主，武英殿版作王），遣使奉獻。」而東夷傳倭條中則記載：「建武中元二年，倭奴國奉貢朝賀，使人自稱大夫，倭國之極南界也，光武賜以印綬。」所說的就是福岡縣志賀島出土的「漢委奴国王（かんのわのなのこくおう）」金印。金印的年代和日本人被中國稱為「倭奴」的說法，都是由此而來。

❷ 「貨泉」上印有中文字，是新朝王莽政權貨幣改革下的產物。

❸ 根據《日本書紀》，応神天皇時太子菟道稚郎向來自百濟的王仁學習經典。日本《古事記》也記載了同時期日本人曾學習論語、千字文的相關內容。

漢字作為表意文字傳入日本

❹實際上中國和日本的互動遠在那之前就有，且漢字的歷史淵遠流長，因此實際上日本人認識、使用文字的時代，遠比西元 5 世紀更早也不一定，不過目前為止，日本使用文字的時間點，還是以西元 5-6 世紀為學界普遍認可的定說。

❺這種讀法稱為「和訓（わくん）」，即在意義相合的漢字上套用日語固有的發音，方便書寫與溝通。當代日文漢字多分為「訓読み（くんよみ）」和「音読み（おんよみ）」，前者就是前述和訓的產物，以日語固有發音讀字，所以華語圈使用者若光聽讀音，往往難以了解意義；後者則是沿襲漢語發音，因此聽起來和中文／閩南語更為相似。

　　中文典籍經由朝鮮傳入日本，成了日本運用文字的開端。❹**日本人不只學習漢字寫法，還會同時學習中文的讀音**（簡單來説，就是認真學中文）。另一方面，**也開始用漢字記錄口說日語，也就是將中文字依照意義對應上日語詞彙，使得日語也能用中文記錄。**因為保留了漢字字義，這種用法被稱為表意文字。

　　比如看見「山」，日本人就學習中文字「山」的讀音，讀作「さん（san）」；而「山」的意義是山脈、是外側陡峻且比丘陵要高起的地面，日語中原本就使用「やま（yama）」的詞彙稱呼山脈，因此「山」這個漢字傳入日本，除了讀作「山（san）」，也會讀作「山（yama）❺」。日語從此和中文產生了緊密的連結，就這麼漢音、和訓交雜、混合著使用。

　　但用這樣的方式運用中文，對日本人來說可不簡單——就連自幼使用中文的中國人都不是人人學得會中文字，想當然耳，面對著中國傳入的漢書籍，日本人雖然也能學習閱讀，卻總是非常費力。

　　尤其，在中日讀音混合的情況下，每個漢字被賦

予多種讀音，結果造成了大混亂。這種書面寫漢字，
實際唸出聲時還需要自行拆解字義，再以日語讀出來
的作法，總讓讀的人很難猜透寫的人究竟想表達的是
哪種讀音？想傳達、記錄的是什麼內容？文字和語言
之間的曖昧關係，著實造成不少困擾。

漢字和字義脫鉤，
發展出表音文字：「萬葉假名」

由於口說日語、手寫漢文這種書寫方式，進入門
檻太高，需要長時間投入，才能學會；百姓每天要勞
動、要農忙，還要服勞役，哪有時間？若非貴族，幾
乎沒人能書寫、閱讀這種複雜的文字，因此文字助益
知識傳播的效果仍非常有限。不過隨後，日本發展出
了另一種嶄新的書寫方式——「萬葉假名❻」，開啟
了日本書寫史的新時代。

❻ 日文為「万葉仮名
（まんようがな）」。

萬葉假名出現，是首次有人完全**讓漢字所代表的
意義完全和讀音分離，只取符號來表音，而不管文字
本身所代表的是什麼意思**。結果就是通篇漢字，但中
文使用者卻一點也看不懂，這就是萬葉假名的有趣之
處。

在日文中，**漢字從此不再是具有意義的文字，而**

只是單純的符號，表示某個聲音，僅此而已！這項革命，徹底改變了日本人使用文字的方式，也為現代日文書寫中舉足輕重的平假名、片假名埋下伏筆。對了，說到萬葉假名，不得不提到日本國高中生必學、日本最老的古詩歌集《萬葉集》❼。

❼同《万葉集（まんようしゅう）》。

乍看之下《萬葉集》原文裡全都是漢字，但以中文角度來理解，卻會發現根本狗屁不通！其實這些狗屁不通的漢字，就是以萬葉假名的概念寫下來，不具有和字本身的意義，而是教人怎麼唸出一句日文，如此而已。而萬葉假名的名稱，也正是由《萬葉集》而來。

▌萬葉假名究竟是什麼？

萬葉假名就是漢字，是完全不帶有意義，只用來表示讀音、被當成符號使用的漢字。這和原本表意文字不同，漢字有了全新的用法，單純作為表音的符號，和ㄅㄆㄇㄈ、AEIOU 沒什麼兩樣──**「萬葉假名」完全捨棄漢字的原始意義，只將漢字作為記錄口語聲音的工具**。為了避免困擾，萬葉假名的另一大特徵是，會選用字義毫不相關的漢字來表示日語的發音，以免

混淆。

❽出自「稻荷山古墳
出土鐵劍銘」，年代
約為西元 471 年。

❾即「辛亥年七月中
旬記錄」。

❿即「ヲワケの臣、上
祖、名はオホヒコ」。

比如「辛亥年七月中記。乎獲居臣、上祖名意富比垝……」❽，前面「辛亥年七月中記❾」，顯然是依照中文邏輯所寫；但後半「段乎獲居臣、上祖名意富比垝❿」，卻是以漢字表音記錄的日語句子。這類中國人完全看不懂、如天書一般的「中文」句子，對日本人而言，卻更符合日語的需求，因而蔚為風潮。

但在發展的過程中，萬葉假名並不是統一且有系統地由中央訂定，因此出現了不同的漢字能表現同一個讀音的多種表記方式，比如「乃」和「之」都讀作の（no），衣和伊都讀作イ（i）。所以雖說萬葉假名是一字一音，但仍然並不是很容易閱讀，而且漢字筆劃多，寫起來並不輕鬆。

另一方面，漢字作為表音文字，取其意義再加上日語讀音的用法，例如「命」這一個字讀作「いのち（inochi）」三個音，表示生命的寫法，在《萬葉集》中也仍然保留著。**在這時期的日文寫作中，漢字有時只是聲音的符號，有時又能表達字義，日本當時這兩種系統並行，互相輔助。**

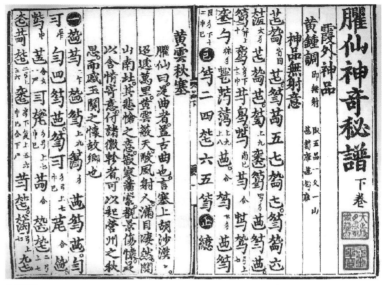

減字譜

和萬葉假名一樣，
讓人看不懂的漢字天書

❶晚唐曹柔等人創造的古琴減字譜。

其實不只是日本人煩於理解漢字，而將漢字當作單純的符號使用，唐朝同樣有一批文人❶，有感於用傳統的文字譜來記錄古琴譜，太過累贅，因此乾脆將漢字當作符號使用，也就是今日古琴記譜法中常用的「減字法」。

對於未學習減字譜（上圖）

的大眾而言，減字譜就像天書一般，既唸不出來，也不知道它表達的意義是什麼。

但對學習過減字譜邏輯的人而言，減字譜其實是很有效率的符號記譜系統。每個字同時寫出左手用哪隻指頭按弦，應該按在哪個徽位⑫，以及右手該用哪隻指頭、以什麼方式彈奏（勾、抹、挑等，可以創造出豐富的音響變化）。

⑫相當於小提琴的把位。

不論是減字譜還是萬葉假名，共通的特色就是對於一般的漢字使用者來說，都宛如密碼，看得到卻吃不到，讓人一頭霧水。這種轉化漢字、發展新用途來因時制宜的辦法，讓漢字在日本有了全新的角色，也使日語能以便利的方式保存、流傳。

不過，漢字的書寫畢竟非常複雜，**完整的漢字筆劃多，每個字書寫時間都很長**，因此每次記錄什麼事，就得多花一些時間。要知道，**日語經常好幾個音才能拼湊成一個字**，跟中文文言文這種高密度的文體並不一樣！因此雖然都是寫漢字，但用萬葉假名表記日語，要寫的字可是比用中文寫文章來得費力許多。

而且萬葉假名並沒有公訂的規則，許多不同的漢字能代表同一個音，因此閱讀不同作者寫的文章時，究竟哪個字是什麼讀音，判讀也要花點時間，總之並

不是個非常便利的系統。

一切只為了方便：
平假名、片假名的誕生

　　片假名就是**為了方便表記讀音，卻又不想每次都寫太多筆劃**，因此逐漸略去漢字的筆劃，最終變成由漢字的一部分表現讀音，而創造出來的新文字。イ表示萬葉假名的衣，讀作衣，才表示於，ウ表示宇……。**漢字筆劃太多，只寫其中的一部分，而仍然可以理解是哪個漢字、什麼讀音**，對希望記錄自己口語內容的人來說，也就夠了。萬葉假名因此被這種更簡單的記號取代。

　　平假名則是由漢字草書變體而來。藉由**毛筆書寫時柔軟婉轉的筆觸改變漢字結構**，安寫得潦草了，就變成あ；伊寫得隨性，就成了い；宇則化作了う。這種書寫符號因為型態柔美具有浪漫氣質，主要以女性為其使用者，因此被稱為 女 手 （onnade）。

　　距今千年前的平安時代，著名的源氏物語和枕草子成書，都是用了這新產品——平、片假名。雖然跳躍時空千年之久，但日本的孩童只要想讀，還是可以讀得懂枕草子（至少唸得出來），就和我們的幼稚園

平假名

安	加	左	太	奈	波	末	也	良	和
安	か	左	太	奈	波	ま	や	ら	和
あ	か	さ	た	な	は	ま	や	ら	わ

以	幾	之	知	仁	比	美		利	
い	幾	之	知	に	比	み		利	
い	き	し	ち	に	ひ	み	◯	り	◯

宇	久	寸	川	奴	不	武	由	留	遠
う	久	す	川	ぬ	不	む	ゆ	留	を
う	く	す	つ	ぬ	ふ	む	ゆ	る	を

衣	計	世	天	祢	部	女		礼	
衣	計	世	て	祢	へ	女		れ	
え	け	せ	て	ね	へ	め	◯	れ	◯

於	己	曾	止	乃	保	毛	与	呂	无
お	己	そ	止	乃	ほ	も	よ	ろ	无
お	こ	そ	と	の	ほ	も	よ	ろ	ん

片假名

阿	加	散	多	奈	八	末	也	良	和
↓	↓	↓	↓	↓	↓	↓	↓	↓	↓
ア	カ	サ	タ	ナ	ハ	マ	ヤ	ラ	ワ

伊	幾	之	千	仁	比	三		利	
↓	↓	↓	↓	↓	↓	↓		↓	
イ	キ	シ	チ	ニ	ヒ	ミ	◯	リ	◯

宇	久	須	川	奴	不	牟	由	流	乎
↓	↓	↓	↓	↓	↓	↓	↓	↓	↓
ウ	ク	ス	ツ	ヌ	フ	ム	ユ	ル	ヲ

江	介	世	天	祢	部	女		礼	
↓	↓	↓	↓	↓	↓	↓		↓	
エ	ケ	セ	テ	ネ	ヘ	メ	◯	レ	◯

於	己	曽	止	乃	保	毛	與	呂	尓
↓	↓	↓	↓	↓	↓	↓	↓	↓	↓
オ	コ	ソ	ト	ノ	ホ	モ	ヨ	ロ	ン

　小朋友也會床前明月光一樣，日語的發音和書寫符號能簡單對應，變得簡單，因此才能讓書籍老嫗能解。

　　想一下，如果源氏物語這一整部紅樓夢般的鉅著，都用漢字作為符號的萬葉假名寫成，該有多難寫、多難讀呀？平安時代能夠在文學上有高度成就，留下大量作品，並有所謂女流文學蓬勃發展，都是因為書寫符號成功在地化而來。

兼容並蓄的日文書寫

　　平、片假名誕生後，日本書寫系統中便有了漢字、平假名、片假名三種方便的工具。後來又經過西化影響，羅馬字（就是我們熟悉的英文字母）傳入日本，也被吸納到日文之中，日文的書寫就因此有了更多元的面貌。

　　至今，不論是漢字、平片假名、羅馬字的任何一種，都是當代正統的日文，沒有孰優孰劣。而漢字和羅馬字我們已經非常熟悉，只剩下平、片假名，也就是今日我們知道的五十音需要克服。第二章裡，我們就從你最熟悉的漢字開始出發，了解漢字和五十音的關聯之後，你會發現學習五十音原來一點也不難！

あいうえお

認識五十音
逐字介紹筆畫及特殊用途

02

五十音之歌

在開始研究下一頁的五十音總表之前，請先掃描本頁的 QR code，聽五次我稱之為「五十音神曲」的〈あいうえおの歌〉，了解日文五十音大致的寫法與發音。

你可能會發現這首歌速度太快了，每個五十音都稍縱即逝，在你反應過來之前，已經又漏了好幾個五十音。這就是為什麼要**請你聽五次**，而不是聽一次就好。事實上這首歌一點也不快，是你的大腦反應太慢。但這不是你的錯，也不代表你笨，純粹就是你

對五十音還不熟而已。不過不要緊，下一頁的五十音總表，彙整了清音、濁音、半濁音、拗音等，你可以慢慢研究。關於五十音的所有基本知識，本書都會循序漸進地說明。你也可以在閱讀本書的過程中，隨時回來查閱總表，幫助自己整理思緒。經過本書的特訓，你再回來聽這首神曲時，將會發現你已經煥然一新，五十音什麼的，真的是小意思啦！

五十音總表

清音

	a 段音	i 段音	u 段音	e 段音	o 段音
あ行 A	あア a	いイ i	うウ u	えエ e	おオ o
か行 K	かカ ka	きキ ki	くク ku	けケ ke	こコ ko
さ行 S	さサ sa	しシ shi(si)	すス su	せセ se	そソ so
た行 T	たタ ta	ちチ chi(ti)	つツ tsu(tu)	てテ te	とト to
な行 N	なナ na	にニ ni	ぬヌ nu	ねネ ne	のノ no
は行 H	はハ ha	ひヒ hi	ふフ fu(hu)	へヘ he	ほホ ho
ま行 M	まマ ma	みミ mi	むム mu	めメ me	もモ mo
や行 Y	やヤ ya		ゆユ yu		よヨ yo
ら行 R	らラ ra	りリ ri	るル ru	れレ re	ろロ ro
わ行 W	わワ wa		んン n		をヲ (w)o

拗音

	- ya	- yu	- yo
	きゃ / キャ kya	きゅ / キュ kyu	きょ / キョ kyo
	ぎゃ / ギャ gya	ぎゅ / ギュ gyu	ぎょ / ギョ gyo
	しゃ / シャ sha(sya)	しゅ / シュ shu(syu)	しょ / ショ sho(syo)
	じゃ / ジャ ja(zya)	じゅ / ジュ ju(zyu)	じょ / ジョ jo(zyo)
	ちゃ / チャ cha(tya)	ちゅ / チュ chu(tyu)	ちょ / チョ cho(tyo)
	にゃ / ニャ nya	にゅ / ニュ nyu	にょ / ニョ nyo
	ひゃ / ヒャ hya	ひゅ / ヒュ hyu	ひょ / ヒョ hyo
	びゃ / ビャ bya	びゅ / ビュ byu	びょ / ビョ byo
	ぴゃ / ピャ pya	ぴゅ / ピュ pyu	ぴょ / ピョ pyo
	みゃ / ミャ mya	みゅ / ミュ myu	みょ / ミョ myo
	りゃ / リャ rya	りゅ / リュ ryu	りょ / リョ ryo

濁音 / 半濁音

	a 段音	i 段音	u 段音	e 段音	o 段音
が行 G	がガ ga	ぎギ gi	ぐグ gu	げゲ ge	ごゴ go
ざ行 Z	ざザ za	じジ ji(zi)	ずズ zu	ぜゼ ze	ぞゾ zo
だ行 D	だダ da	ぢヂ ji(zi)	づヅ zu	でデ de	どド do
ば行 B	ばバ ba	びビ bi	ぶブ bu	べベ be	ぼボ bo
ぱ行 P	ぱパ pa	ぴピ pi	ぷプ pu	ぺペ pe	ぽポ po

範例

	五十音	平假名	片假名
ちチ			
chi(ti)	羅馬拼音	赫本式❶	（訓令式）

❶即ヘボン式，多見於護照、車票、車站告示，本書主要採用此種羅馬拼音標記。

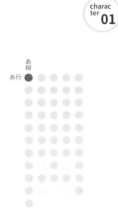

charac ter **01**

 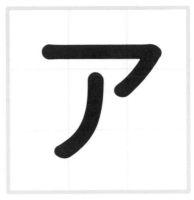

あ段
あ行

一十あ

フ ア

1. **あなた** 2
　a na ta

2. **さん**
　sa n

羅馬拼音為 a，讀音近似中文的「阿」。作為五十音的第一個字，出現頻率非常高。像我們日常生活中耳熟能詳的「阿娜答」、「阿莎力」，裡面第一個字的「阿」，就都是寫作這個「あ」。

「阿娜答」其實是あなた日語的第二人稱，相當於中文的「你」，但由於日本人稱對方並不習慣稱「你」，而是用某某「桑」，也就是さん＝先生／小姐來表達禮貌，因此代表「你」的這個「阿娜答」，也就成了夫婦之間，老婆對老公的專屬暱稱。

不過要注意，日文的あなた寫成漢字時，一般來說會寫成「彼方」、「貴方」，或是特指性別的「貴男」、「貴女」，雖然寫法不同，但同樣都是あなた，發音完全一樣（就是我們熟悉的阿娜答）。而

我們熟悉的「阿娜答」這種寫法，是華語世界將日文當作外來語的自創詞，在日本完全沒有這個寫法。

1. あっさり 3
a s sa ri

「阿莎力」在臺語中當作「做事乾脆、爽快」來使用，但這個詞原本是あっさり，在日語中用法是「簡單、清爽、淡泊」的意思。比如調味很清爽，就可以說是阿莎力（あっさり），或是簡單的設計風格，也可以說是あっさり。

平假名的「あ」

2. 安
あん
an

由「安」的草寫轉變而來。在日文中，要表示漢字「安」（あん）的時候，大多時候仍然是使用あ搭配另一個平假名ん，寫成あん，讀作「阿嗯（an）」的連音（和中文「安」相同的發音）。而單獨看到あ的時候，則只唸作「阿（a）」。

▌安心 0（anshin）
あんしん

日語中「心」（しん）讀音跟中文的一樣，也是很常使用的字，可以順便學起來。

■ 安寧。（annei）

■ 安静。（ansei）

日文漢字中，安静的「静」和中文安靜的「靜」寫法不同，寫日文和中文時要各自寫正確，千萬不可以混用。除了漢字不同，日文的「安静」和中文的「安靜」，意思也完全不一樣！

中文「安靜」說的是環境悄然無聲，日文「安静」則是病人讓身體靜養，不要亂動、好好休息的意思。

■ 安全。（anzen）

練習寫看看

安 心 — んしん	安 寧 — んねい
a n shi n	a n ne i
安 静 — んせい	安 全 — んぜん
a n se i	a n ze n

片假名的「ア」

阿·····阿·····ア

　　把中文字「阿」去掉右邊的「可」，再將分成三筆劃且型態複雜的「阝」簡化成兩筆，就成了平假名的「ア」。雖然在歷史上，片假名是為了簡化漢字書寫，達到讀寫日語的目的而發明的，但當代的日文片假名大多專門表示外來語之用。

　　外來語當然也分來源，會用片假名寫的，大多是源自西方國家（英、德、葡、西、荷、法等國）的外來詞彙。日文中這樣的外來語寫成片假名時，會盡可能保留讀音，因此要看懂從沒學過的片假名詞彙，有時並不需要查字典，只需要反覆誦讀幾次，試著去掉日語口音，就能猜得到他的字源究竟是什麼。

▌アメリカ ₀（amerika）= America = 美國

▌アフリカ ₀（afurika）= Africa = 非洲

▌アジア ₁（ajia）= Asia = 亞洲

練習寫看看

A merica —	メ リ カ	A frica —	フ リ カ
	a me ri ka		a fu ri ka
A sia —	ジ ア		
	a ji a		

裘莉小叮嚀

本書所有五十音及單字發音懶人包在此！請掃 QR-code 進入，就可以聽到真人發音囉！

QR code!

單字音檔懶人包
http://bit.ly/julie50on

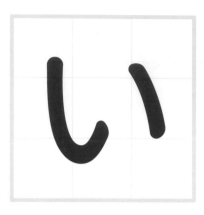

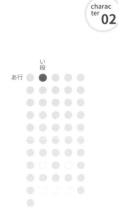

しい

ノイ

1. 可愛い 3
   ka wa i

2. 美味しい 3
   o i shi i

3. い形容詞 4
   i kei yō shi

羅馬拼音為 i，讀音近似中文的「伊」。日文之中形容詞約有半數是用這個い作為字尾，因此稱為「い形容詞」。例如耳熟能詳的：

卡哇伊＝可愛い
（諧音） 1.

喔伊細＝美味しい
（諧音） 2.

都是い！

世界上最有名的日文い形容詞，非這兩者莫屬。不只是我們，連西方人都能朗朗上口，簡直就跟「Yes/No」一樣世界通用。這個「卡哇伊」，其實就是「可愛い」，「喔伊細」則是「美味しい」的日文發音！

從以上這兩個經典又熟悉的い形容詞，可以簡單地看出い形容詞最重要的幾項特質。

■ い形容詞的重點

第一、日文い形容詞（けいようし）大部分都是日本古來就有的形容詞，所以讀音跟中文沒有什麼直接關聯。單靠讀音，對華語母語的學生而言，並不容易了解它的意涵。

第二、大部分的い形容詞（けいようし）都是古來就有，所以也有對應的漢字；如果看到字面，大概就能猜出七八分意義。

第三、字尾都是い結尾，因此才被叫做い形容詞（けいようし）。

例如「長（なが）い」、「甘（あま）い」、「寂（さび）しい」這些詞，
1._____ 2._____ 3._____
都是い結尾，以後你一看到這類單字，心裡就知道這是い形容詞（けいようし）囉。

1. 長（なが）い 2
naga i

2. 甘（あま）い 0
ama i

3. 寂（さび）しい 3
sabi shi i

使用い形容詞（けいようし）時，千萬記得後面直接加上名詞，就是正確的表達方式囉。比如「長（なが）い蛇（へび）（長的蛇）」、「甘（あま）い葡萄（ぶどう）（甜的葡萄）」、「寂（さび）しい女（おんな）（寂寞的女人）」等等，都是正確的説法。絕對不要用中文形容詞的邏輯，畫蛇添足、自以為是地在い形容詞（けいようし）後面加上「の」！

雖然の的確可以表示中文的「的」，但是如果寫成「長いの蛇」、「甘いの葡萄」、「寂しいの女」

──那就好比中文寫作「長的的蛇」、「甜的的葡萄」、「寂寞的的女人」一樣，會貽笑大方！切記「い形容詞」都是放在名詞前面直接使用的。

近年經常看到有些廠商明明不是日本商家，也不是日本貨，但又希望誤導消費者，讓人購買時以為買的是「日本貨」，因此在包裝上寫日文。可是卻用了「甘いの葡萄」之類錯誤的寫法，結果不只裝不成日本貨，還顯示出這些廠商是連聘請日文翻譯都嫌貴，想要用低成本欺騙消費者的不肖業者。

平假名的「い」

由「以」的草寫轉變而來。至今在日文中表示漢字「以」的時候，仍然是使用い的唸法。除此之外，「衣」、「易」、「異」、「移」、「依」、「医」、「意」這些中文發音和「以」相近的漢字，也同樣可以唸作「い」。

▌以来 ₁（irai）

從過去的某個時間點開始計算，直到現在。比如：自從小孩出生「以來」，我每天半夜都起來泡奶。強調的是小孩出生的時間點，以及其後一直維持著的半夜起來泡奶的狀態。

▌以前 ₁（izen）

從某個時間點往前推，都是「以前」。比如：在小孩出生「以前」，我每天都睡得很飽。強調的是小孩出生的時間點，以及在那之前一直維持睡得很飽的狀態。

▌以後 ₁（igo）

從某個時間點之後所發生的事。比如：請星期三「以後」再來電詢問。而日文和中文一樣，所有「以」都有包含的意思，所以星期三「以後」再來電詢問，表示星期三開始，就可以來電詢問了，不需要等到星期四。

▌以降 ₁（ikō）

指某個時間點，或是某個數值之後。有時可跟前

面的「以後」互相替換，但用來描述數值時，則只能

用「以降」。比如：座席番号 30 番以降のお客様、

ご搭乗を開始いたします，意思是座位號碼 30 以後

的客人，開始登機。代表以 30 號為基準，領有的號

碼牌數字比 30 還大的，都可以開始登機。

1. 座席番号 4
za se ki ban gō

2. お客様 0, 4
o kyakusama

3. ご搭乗 0
go tō jō

4. 開始いたします 7
kai shi i ta shi ma su

練習寫看看

以来—	らい	以前—	ぜん
i ra i		i ze n	
以後—	ご	以降—	こう
i go		i kō	

順便一起學

いいえ

5. いいえ 3
i i e

　　日文中的いいえ代表了「不是」。相較於其他語言中

習慣「是就回答是，不是就回答不是」，在實際的日語對

話中，大家都會避免使用いいえ直接拒絕他人邀約，也不

太使用いいえ果斷否決對方的意見。在日本文化中，用委

婉、曖昧的方式拒絕對方，是基本禮貌。但是，有時候い

いえ還是有使用的機會。

　　比如對方問的是「你是不是某某人？」而你不是的

時候，就可以說「いいえ」，因為這個時候只是陳述對

方詢問的事實，答案必然非黑即白，那麼直白地否認，並

不會讓對方心情受傷或感到難堪，所以就算使用いいえ回答，也不會有問題。

片假名的「イ」

伊⋯⋯伊⋯⋯イ

　　　片假名中有一些長得和中文字的某些部首很像的特例，イ就是其中的第一個。看到イ的第一個念頭是不是覺得「這個片假名的イ……說穿了不就是中文的人字邊嗎？」沒錯，中文字「伊」去掉右邊的「尹」，只留下「イ」字偏旁，就是日文片假名的イ。

　　　前面說過片假名是直接擷取中文字的部分筆劃，作為文字符號而產生出來的文字。因此正好取到的部分就是部首的話，自然片假名和中文的部首就一模一樣了。不過，因為讀音是沿襲萬葉假名時代用來當作表音文字的完整中文字發音，片假名只不過是簡寫，所以即便外型和中文的部首相同，讀音卻不會和中文部首的讀音一樣。比如イ的讀音不是「人」，而是「伊」，就是最好的例子。

記不住片假名的發音嗎？和「伊→イ」一樣，大部分的讀音都和片假名的原始漢字相關聯，因此一個很好的記憶訣竅，就是記住片假名是從哪個漢字變來的，就能幫助你記憶片假名的外型，以及發音囉！

❷ 片假名單字中的「ー」符號表示拉長音。在日語羅馬拼音中則以母音上加一橫作為長音標示。

■ インターン ₃（intān）= intern = 實習生❷
■ インターネット ₅（intānetto）= Internet = 網路
■ イメージ ₂（imēji）= image = 印象

練習寫看看

Intern ─	ンターン	Image ─	メージ
i n tā n		i mē ji	
Internet ─	ンターネット		
i n tā ne t to			

裘莉小叮嚀

善用五十音好記表的祕訣

順手將翻閱本書時出現的詞彙、文法要點、心得記錄在五十音的好記表上，就能完成你的私房五十音好記表囉！推薦你把完成的海報貼在廁所牆面，學習不費力，又有效！

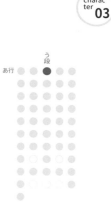

character
03

う段
あ行

う
ウ

羅馬拼音為 u，讀音近似中文的「烏」，發音的時候中文的烏要把嘴噘起來變成小小的圓形，但日文う則只要微微噘起嘴唇，嘴形比説烏的時候較扁一些，嘴角再帶有點微笑的感覺，説起來的發音就會比較漂亮、道地。

日本三大麵類料理：拉麵、蕎麥麵、烏龍麵之中，烏龍麵的日文寫作うどん──跟 coffee 音譯成咖啡，pizza 音譯成比薩一樣──烏龍麵之所以叫做烏龍麵，就是因為開頭是「う」，直接音譯成「烏」，所以才叫烏龍麵。

閩南語中稱計程車司機、公車司機為運將（ùn-chiàng），也就是日語的「運ちゃん」。職業駕駛在日文裡有運転手、運転士、運ちゃん三種不同的説法。

うん
1.**運ちゃん** 1
un cha n

うんてんしゅ
2.**運転手** 3
un ten shu

うんてんし
3.**運転士** 3
un ten shi

1. 運転 0
うんてん
un ten

駕駛車輛在日文稱為運転（うんてん）する。電車、新幹線等鐵路系統的駕駛員，稱為運転士（うんてんし）；自小客車、公車等車輛的司機，則稱為運転手（うんてんしゅ）。怎麼分別呢？有四顆輪子，在路上可以自由開來開去的汽車駕駛，稱為運転手（うんてんしゅ）；捷運、火車等行駛固定鐵軌的列車，則是由運転士（うんてんし）駕駛，等同於我們說的司機員。而融入在臺語中，我們都很熟悉的運（うん）ちゃん，則是運転手（うんてんしゅ）さん的縮略及音轉，也就是汽車駕駛。另外還要注意的是，在臺語中，我們可以直接對臺灣的計程車司機說：「運將，我要去〇〇〇」；但在日本，當面稱呼司機為運（うん）ちゃん的情況少之又少，因為運將的說法在日文中本身帶有些微貶義，因此稱運転手（うんてんしゅ）さん才是有禮貌的說法。

平假名的「う」

宇 ⋯⋯ ㄢ ⋯⋯ う

2. 宇宙 1
うちゅう
u chū

3. 宇宙人 2
うちゅうじん
u chū jin

是由「宇」的草寫轉變而來。在日文中，要表示漢字「宇」的時候，仍可讀作「烏」，比如宇宙（うちゅう）、宇宙人（うちゅうじん）。

▋宇宙 ₁（uchū）

中文裡上下四方曰宇，往古來今曰宙。宇指空間，宙指時間，宇宙是由所有時間、空間與其包含的內容物所構成的集合體。也就是說，宇宙原本是指全世界——包含地球上、外太空，甚至還涵蓋過去與未來的一切之意。日文中，宇宙雖然可以當作全世界，但通常是專指外太空，也就是地球以外的部分。

▋宇宙人 ₂（uchūjin）

宇宙人就是中文說的外星人。一指來自宇宙、外星球的生物，二指沒有常識、讓人搞不懂他在想什麼的怪人。

▋運ちゃん ₁（unchan）

駕駛公車、計程車等汽車交通工具的職業司機。

練習寫看看

宇 宙 — 　ちゅう　　宇 宙人 — 　ちゅうじん
　u　chū　　　　　　　　　u　chū　ji　n

運 ちゃん — 　んちゃん
　u　　n　cha　　n

片假名的「ウ」

　　平假名う來自「宇」字的草書，而它的片假名寫法ウ，則取自「宇」的寶蓋頭「宀（ㄇㄧㄢˊ）」的部分。將宀第三筆劃右邊收尾的那一撇延長，就是片假名的ウ了。

　　外文詞彙和日文片假名詞彙之間有固定的變化方式，比如因為發音相近的關係，片假名的ウ通常用來當作 w 的子音部分使用，比如下列幾個 w 開頭的外文單字，入境隨俗變成片假名之後，都是發音為 u 的ウ開頭。

　　對初學者來說要記住五十音就已經很吃力，因此這方面的轉換是怎麼轉換的？建議你不要浪費力氣特地記憶什麼「羅馬字→五十音轉換表」，反正遇到一個學一個，久而久之，看得多了就會自然而然地了解各式各樣的英語發音大概要怎麼寫成片假名囉。

■ ウエスト₂（uesuto）＝ west ＝西邊

■ ウイスキー₂（uisukī）＝ whisky ＝威士忌

■ ウェブ₁（uebu）＝ web ＝網頁

練習寫看看

W est ─ エスト　　　W hisky ─ イスキー
　u　e su to　　　　　　　　　u　i　su kī

W eb ─ ェブ
　u　e　bu

深探究竟：
日語中的「嗯！」用法大破解

　　使用中文時，我們常用「嗯！」表示同意，「嗯……」則是考慮一下或懷疑的意思。因為這兩者發音完全相同，只差在長音短音、語調不同，因此外國人在學中文時，遇到這類對話，往往會因為不知道代表的是什麼而傷腦筋。

　　日語也有和中文的「嗯！」很近似的表現方式：うん、ううん、うーん，共三種，一起來認識吧！

QR code!

http://bit.ly/2kl9nlY

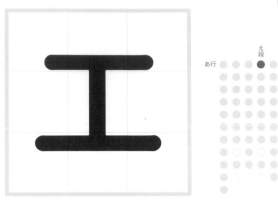

＼え

一丁工

1. **えっと** ⓪
　 e t to

　　羅馬拼音為 e，讀音近似中文的「欸」，但嘴形比較扁，嘴巴不用張太大，輕輕說就可以了。

　　日本人在開始說話前，常用えっと作為起手式。這種用法十分便利，比如想向人問路時，可以說「えっと……」；會議中，開始介紹某樣產品前，也可以說「えっと……」，是個堪稱萬能的發語詞。一方面可以有效引起對方注意，讓對方知道自己要開始講話了，另一方面，卻不會過度唐突，變成日本人最忌諱的單刀直入、開門見山、說話不知要委婉一點的情況。

平假名的「え」

衣在日文中屬於常用漢字。因為是非常生活化的基礎漢字，所以三不五時就會遇到它。日文因為長期受到各方外語的影響，從各種不同的語言中吸納單字、讀音，因此單一個漢字，有四五種不同的唸法，是很普遍的現象。比如，衣這個漢字，除了有來自漢語發音的衣這個唸法，也可以唸成與中文衣相同的發音「衣」。不只如此，日本人在漢語傳入日本之前，固有的日語說法 衣 和衣，也都是正確的讀音。

1. 衣 **0**
ころも
koromo

2. 衣 **1**
きぬ
kinu

3. 音読 **0**
おんどく
on doku

4. 訓読 **0**
くんどく
kun doku

▌音讀、訓讀的重點

日文中源自漢語的讀音稱為音読——用中文字的字音來讀的意思。以日文中沒有的「生魚片」這個詞為例，音読相當於把生魚片唸作生魚片——沒錯，什麼讀音都沒有更動，原原本本照著中文字原本的讀音唸，就是音読。與音読相反的概念則是訓読——找符合中文字義的日語單字，用日語讀音來讀。訓読相當於將中文字直接翻譯成日文來唸，比如生魚片如果用

1. **刺身** 3
   さしみ
   sashi mi

2. **草** 2
   くさ
   kusa

3. **雲** 1
   くも
   kumo

訓讀，就會直接對應到日文的刺身^{さしみ}這個詞，並且唸作 1.———
沙西米。

音読^{おんどく}、訓読^{くんどく}，什麼時候該用什麼？通常一個單字如果是中文固有的單字，尤其是複詞，例如：複雜、衣裝等，那麼大致上判斷它是音讀應該不會錯。如果是單字，比如：草^{くさ}、雲^{くも}等，訓読^{くんどく}的機會就比較大。 2.——— 3.———

不過老實說，在一個詞該是音讀或訓讀這問題上，其實沒有絕對的規則可循，有的時候依照文脈，原本習慣用音讀的詞，也可能是用訓読^{くんどく}才對。說到底，日語是經常變化、每年都有新詞彙產生的語言，因此最好的方法，還是查字典或上網搜尋一下讀音究竟是什麼。總之不要在這個問題上自尋煩惱，走一步學一步，慢慢累積經驗，就會越來越能掌握語感。

▌**塩分** 1（enbun）
えんぶん

食物、液體中所含的鹽的比例、分量。

▌**円** 1（en）
えん

日本的貨幣單位「円^{えん}」。

▌**援助** 1（enjo）
えんじょ

意思和中文一樣，指幫助有困難的人。

練習寫看看

塩分 — ＿んぶん　　　円 — ＿ん
　　　　e n bu n　　　　　　　　e n

援助 — ＿んじょ
　　　　e n jo

裘莉小叮嚀

音讀的奧義
學一個讀音等於學會一百個單字

　　塩分、援助這些詞都屬於前面提到的音読詞彙，也就是這些詞的日語發音都來自中文，而且就跟中文字一樣，每個漢字的讀音單獨記憶起來，都可以移作他用，非常方便。例如援助＝援＋助，當你學會這一個援助，等於同時學會援和助兩個讀音。以後當你面對未知的單字，例如：

　　助手

既然是第一次遇到，你當然不知道正確讀音是什麼。這時你可以大膽引用自己已經學過的援助的助，加上前面學的運転手的手，推測讀音助手＝助＋手＝助手。恭喜答對！（你當然不會每次都答對，但是猜錯又何妨？）

　　這類音読的單字即便只是學會少數幾個，也能讓你面對新的日語單字，不知道怎麼讀時，很輕易地舉一反三，並且感受到爆炸性的成就感。更重要的是，當你習慣用這種由已知單字猜測未知單字讀音的方式，你就脫離了死背，朝自然愉快使用日語的終極目標前進一大步了。

片假名的「エ」

片假名的「エ」取自漢字「江」右半部的「工」字。日文的江讀音正是え，寫成片假名則是エ。

▌江戸 ₀（edo）

江戸是東京的舊地名。在明治維新前的幕府時代，日本的首都還是京都時，東京就稱為江戸❸。開頭第一個字江戸的江，就讀做え＝エ。《名偵探柯南》裡的主人翁江戸川柯南，日文名字寫做江戸川コナン，裡面的江戸也是同樣的唸法。

❸江戸/江戸二者皆為相同讀音。エド是片假名寫法，えど是平假名寫法；在日文中比較常用平假名標讀音，但兩者其實都可以喔！意思是完全一樣的。

1. 江戸川コナン ₅
　e do gawa ko na n

▌エンジン ₁（enjin）＝ engine ＝引擎

臺語裡引擎的發音 iân-jín，其實是借日文エンジン而來；日文的エンジン引擎，則是取自英文 engine 引擎。

練習寫看看

江	戸	ー	ド			E	ngine	ー	ン	ジ	ン
		e	do						e	n	ji n

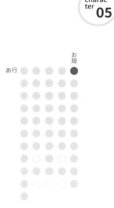

｜ぁお

一ナオ

　　羅馬拼音為 o，お讀音近似中文的「喔」，在臺灣我們愛說的歐巴桑、歐吉桑，裡面的第一個字「歐」，其實就是寫作日文的お。

■ 接頭詞お的重點

　　お這個字本身是日語中特有的接頭詞，在名詞前面加上お，廣泛使用在各式各樣的名詞前面。這會帶來兩個效果：

　　第一，修飾名詞、美化語彙的效果，能讓所說的話聽起來更文雅。比如お店、お米等等。

　　例如，「這道料理真好吃！」用日文說可以寫作「この（這個）料理、美味しい！」，也可以寫作「こ

1.お店 0
　o mise

2.お米 0
　o kome

3.この
　ko no

4.料理
　ryō ri

のお料理、美味しい！」。後者用了美化語お，所以對日本人來説，就比較斯文一點。

第二，是能讓普通的詞彙變成敬語，面對客戶或是長輩時，都會用得到。 比如お言葉、お電話。

例如，「先生から電話をもらった。」意思是老師打了電話來，因為是老師打來的電話，所以地位和其他同學打來打屁聊天的電話不同，有種這通電話地位特別高的感覺，因此用お來修飾電話，使老師所打來的這通電話地位提高了，變成お電話的敬語用法才適當。所以「先生から電話をもらった。」應寫作「先生からお電話をいただいた。」表示尊敬老師，連帶著他打來的電話都特別尊貴。

不過，不是每個名詞都可以加上お來修飾，也不是隨便在名詞前加上お就能讓它變成敬語。建議你就當做先了解一下，「原來日文中存在這種概念」即可。以後看到日文裡出現這樣的用法時，看一個記一個，就能很快進入狀況囉！

來談談歐巴桑的小知識吧，你知道嗎？臺語裡歐巴桑專指家人以外的中年女性，並有強烈暗示那個人帶有濃濃大嬸味的效果。不過這個源自日語的歐巴桑一詞，本來的意思可不只是如此。

1. お言葉
o koto ba

2. お電話
o den wa

3. 先生
sen sei

1. おばさん 0
o ba sa n

日語裡稱人歐巴桑「おばさん」是前述第二種，用お表達尊敬及禮貌的稱呼方式。可以用來稱呼親戚中的阿姨、嬸嬸、舅媽、姑姑等，凡是和父母同一輩分，且已成年的女性，原則上都可以稱作おばさん。以親戚的情況來說，又可依年齡大於父／母的稱為伯母さん，或年紀小於父／母稱作叔母さん。稱呼家人以外的女性時，おばさん則寫作小母さん。

深究的話，日本所謂小母さん，是指成年女性中大約已婚，尤其已經有小孩的那個年齡層。雖不見得專指中年婦女，但絕對不是稱呼年輕妹子的說法。如果隨意叫人小母さん，就表示你認為對方差不多應該已婚、有小孩，而且最重要的是，從外表上判斷已經不算年輕小姐了。

在婦女晚婚比率越來越高，不婚族、不生族增多的情況下，擅自判斷對方差不多有小孩了，實在是失禮。而有些人雖然明明生過小孩，但還是希望自己外貌維持青春亮眼，看起來簡直跟在拉麵店打工的大學女生差不多……這種情況下，如果被陌生人不知好歹地稱為歐巴桑，心裡絕對不好受。

綜上所述，雖然小母さん是種尊稱，但能不能用得巧、不讓人心裡受傷，可是門困難的大學問。最好的辦

1. お姉さん
o nee sa n

法還是只要比自己年長，一律稱為姊姊「お姉さん」，

或是直呼其名○○さん，以避免尷尬囉。

平假名的「お」

お由中文字「於」草書轉變而來。

▋ お茶。(ocha)

茶。可以指還沒泡開的茶葉，也可以指已經泡好、裝在杯子裡的茶。生活中通常都會加上接頭詞お來使用，已成慣例。

▋ おばさん / 小母さん。(obasan)

即臺灣人說的歐巴桑。大約三十歲左右就開始算是おばさん，但很少有人三十歲就願意被稱為おばさん，甚至也有四、五十歲還不願意被叫做おばさん的女性，因此使用的時候需要相當有智慧……。

▋ 温泉。(onsen)

溫泉。要注意「温」字的日文漢字寫法和中文不同。中文「溫」在皿字上方是囚；日文中則是囚的略筆「日」字。

練習寫看看

お茶 － ☐ ちゃ
o cha

小母さん － ☐ ばさん
o ba sa n

温泉 － ☐ んせん
o n se n

片假名的「オ」

於 ····· 於 ····· オ

　　平假名お來自「於」字的草書，而他的片假名寫法オ，則取自「於」的左半邊「方」字的部分，將筆劃再進行簡化而來。外文發音中音近似 O 的，多用片假名オ表記。例如接下來的兩個單字，OK 是 [oˈke]；機車的英文中寫作 auto 的部分發音是 [ˈɔto]，雖然一個是長母音的 [o]，另一個是短母音 [ɔ]，但在日語中都算是 O 系列，也就是オ這個片假名在管的唷！

■ オッケー ₁（okkē）= OK ＝好、可以
■ オートバイ ₃（ōtobai）= auto bike ＝機車

　　臺語的機車叫「哦多賣（o-tó-bài）」，就是取自日語的オートバイ發音。

練習寫看看

OK — □ッケー
　　　o　k　kē

A u to bike — トバイ
　　　ō　　　　to ba i

提示：底線有兩格的時候就表示英文部分請填兩個英文字母，日文部分也必須填入兩個文字（包含長音符號也算一個文字唷）。

裘莉小叮嚀

重要又常用的五十音，優先學起來！

　　到這邊你已經學會日語基本的五個母音あいうえお。接下來，絕大部分的日語書、日語老師都會從下一頁的かきくけこ繼續教下去，但在這之前，有另外五個極為重要的假名：つやゆよん，你可以優先學習。

　　雖然他們在五十音表上排序在非常後面，但他們卻有著與眾不同的功能，因此出現頻率非常高，重要性也是其他假名比不上的。甚至可以說，其他假名有的記不住沒關係，這幾個記不住問題就大了。所以請你先翻到P90（つ）、P153（やゆよ）以及P186（ん），閱讀介紹這幾個假名的篇章吧！

charac
ter
06

あ
段

か行 ●

つカか
フカ

1. **かわいい** 3
   ka wa i i

2. **鞄** 0
   かばん
   kaban

3. **看板** 0
   かんばん
   kan ban

4. **カラオケ** 0
   ka ra o ke

5. **濁音** 0
   だくおん
   daku on

　　羅馬拼音為 ka，音近中文裡咖啡的「咖」。か開頭的許多詞彙，我們早已耳熟能詳。比如，「卡哇伊（可愛）」就是日文かわいい；臺語的背包「卡棒（kha-báng）」其實是日文鞄；臺語裡廣告招牌叫做「砍棒（khan-páng）」，其實也是由日文的看板一詞變化來的。另外在外來語的部分，我們説的卡拉OK，是來自日文カラオケ；臺語的瓦斯（gá-suh）則是來自日文的ガス。

　　從か這個五十音開始，我們要再學一個重要的五十音基礎知識：濁音。（其實前面的單字舉例裡，你已經遇過不少次帶有濁音的五十音，但是從現在開始我們要好好重新認識它們。）

51

▋ 濁音的重點

原本的五十音，叫做清音。例如前面說過的あい

うえお，跟現在出現的か，還有往後介紹的五十音，

都是清音。在清音上加註濁音符號，可以改變發音

方式，讓聲音變濁重，就稱為濁音。濁音的標誌為

「○ ゛」，「○」的部分是五十音，「゛」則是濁音

的記號。有濁音的五十音只有かさたは四行，你不需

急於背下哪些五十音有濁音，只要理解濁音的概念，

在看到濁音記號時，能夠知道怎發音即可。❹

以か這個五十音加上濁音為例，「か」+「゛」

寫成一個字，就變成「が」，讀音從 ka 變成 ga，而

且發音部位更接近舌根，有濁重感，因此叫做濁音。

除了濁音，日語中另外還有半濁音「○゜」的用法，

「○」的部分一樣是五十音，「゜」則是半濁音（p-）

的記號。不過能加上半濁音的五十音只有五個：はひ

ふへほ，詳述於 P264。❺

❹濁音快速變換表：

か行	k 音 → g 音
さ行	s 音 → z 音
た行	t 音 → d 音
は行	h 音 → b 音

❺あいうえおの歌（有
濁音／半濁音版）老規
矩，先聽五次唷！

QR code!

あいうえおの歌
濁音／半濁音版
https://youtu.be/
WoHxbh5-tU8

平假名的「か」

源自中文的「加」。か右邊的一點就是加字的口

演變而來。日文的「加」讀音正是か，寫成片假名則

是カ。臺語裡面「加」音和か也相近，例如加湯的「加」就唸「嘎」，和が一模一樣，可説是非常好記。

▍加法₁（kahō）

▍看板₀（kanban）

練習寫看看

| 加 | 法 – | ほう | 看 | 板 – | んばん |
| ka | hō | | ka | n ba n | |

片假名的「カ」

片假名的「カ」取自漢字「加」左半部的「力」字。

▍カラオケ₀（karaoke）
＝空＋ orchestra ＝卡拉 OK

1. 生₁
nama

2. オーケストラ₃
ō ke su to ra

原本是日本音樂界的專用語，相對於現場樂團演奏讓歌手唱歌表演的生オケ（生＋ orchestra）作法，

錄音裝置進步後，改採用沒有現場樂團演奏，事前錄

好樂團伴奏音檔，讓歌手唱歌。因為歌手唱歌的時候
「空空的沒有樂團」，所以就叫空＋orchestra，簡稱
カラオケ。現在則是指一般的卡拉 OK。

▌ ガス₁（gasu）＝ gas ＝瓦斯

▌ カメラ₁（kamera）＝ camera ＝相機

練習寫看看

Ka ra orchestra ―	ラオケ
	ka ra o ke

Ga s ―	ス		ca mera ―	メラ
ga su			ka me ra	

順便一起學

基本助詞が的重點

助詞在中文裡經常只是可有可無的虛詞，除了時態助
詞可以表示動作的變化或狀態之外，用不用助詞對語意理
解通常影響不大。

比如「吃吧！」和「吃！」相同，或是「美麗的女性」
和「美麗女性」相同，「吧」、「的」以及其他的助詞「呀、

啊、啦、嘛、呢、啦」等等，有修飾作用但並非文章中必要的零件。

日語卻要仰賴助詞來做句子中各個詞彙的連結點，並藉以傳遞完整的訊息。助詞可以**點出每一個詞彙在句子中代表什麼地位，以及辭彙之間的主被動關係。需要助詞才能表達完整語義，是日語的一大特徵。**

が作為助詞，同時有兩個身分，一個是格助詞，用來表示話題的主角；另一個是接續助詞，用來表現反轉語氣，相當於中文的「雖然」。

1. が用來表示話題的主角（格助詞）

這時候的が是個用來表示主詞的助詞，放在句子中間，功能是が可以標出做動作或話題的主角是誰。比如「私_{わたし}が食_たべる」，在が前面的私_{わたし}（我）就是做動作的主角，因此就能明確知道是誰吃的。

が同時又可以表現感受或希望寄託的對象，或是具備什麼能力，而且具有排他性。比如「ウイスキーが好_すき」，意思是「喜歡威士忌」，表示喜歡的是威士忌，而其他酒都不喜歡。而喜歡這個動作的主詞，則在本句中省略不提。省略主詞的概念，在日文裡算是基本中的基本。

面對「你喜歡什麼酒？」這樣的問句，用中文回話時我們會說：「我喜歡威士忌。」但用日文時則只會說：「喜歡威士忌」──因為是我說出這句話，所以理所當然「喜歡威士忌」的人就是「我」，因此不需贅述。

2. 用來表示語氣反轉的が（接續助詞）

這個接續助詞的が表示「雖然……，但是……」，強調前一句和後一句之間反轉的語氣。在前一句句尾接上

1. ウイスキー 2
u i su kī

が，則後一句將會出現根據前一句所説内容來做合理預測時，意料之外的結果。

例如：毎日日本語を勉強しているが、平仮名が覚えられません。

翻譯：雖然每天都在學習日語，但是平假名還是記不住。

  每天都在學日語是提供預測基準的事實，照理説每天都學日語的情況下，平假名應該記得住，但偏偏結果就是平假名還是記不住。這種情境下，使用が做連接詞，就是最適合的了。

  雖然學助詞很重要，但日文助詞的使用非常細緻且語境多元，因此本書裡只介紹基本中的基本。事實上，助詞的概念往往虛無縹緲，很難掌握，而且有時甚至無法像名詞、動詞一樣直接在中文裡找到對應的概念，用翻譯的方式記住，因此常被學日文的學生視為跟學英文時學介系詞同樣痛苦的地獄課題。建議先記住助詞的基本常識，往後透過多看電視、閱讀文章，來累積日文語感，就能比較輕鬆且自然地學會助詞應用的技巧囉。（讓學習日文更愉快、進步更迅速的方式可參考《10個月從五十音直接通過日檢1級》。）

1. 毎日 1
 まいにち <br> mai nichi

2. 日本語 0
 にほんご <br> ni hon go

3. 勉強 0
 べんきょう <br> ben kyō

4. 平仮名 3
 ひらがな <br> hira ga na

5. 覚える 3
 おぼ <br> obo e ru

QR code!
破除「由下往上」的學習迷思
http://bit.ly/2kFWGyB

QR code!
10個月從五十音直接通過日檢1級
https://bit.ly/N1Books

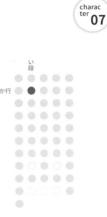

character
07

ー二きき

ー二キ

羅馬拼音為 ki，發音和臺語裡機會（ki-hōe）的機很像，我們熟悉的「奇摩子」也是日文気_き持_もち直翻而來，意思是感覺。

平假名的「き」

源自中文「幾」字的草書體。

▌気_き持_もち 0（kimochi）

1. お腹_{なか} 0
　o naka

2. 悪い_{わる} 2
　waru i

　　明確有某個原因而造成的主觀感覺。比如，お腹_{なか}が 気_き持_もち悪_{わる}い＝肚子感到不舒服。當然，也有在話語中省略造成某種感覺的原因，只說明感

1. いい 1
 i i

2. 不安な 0
 fu an na
 ふ あん

3. 悲しい 3
 kana shi i
 かな

覺怎麼樣的說法，例如：気持ちいい＝感到好，
因此是廣義的舒服的意思。気持ち所描述的主
觀感覺，也可以涵蓋心裡的各種情緒，比如：
不安な気持ち＝不安的感覺，悲しい気持ち＝悲傷的
感覺。気持ち不是只有好/不好，兩種感覺二選一而已。

▌気分 1（kibun）
きぶん

心理＋生理的感覺，通常是好/壞兩種答案。比
如，気分がいい＝心情好且身體也沒有不舒服，気分
が悪い＝身體感覺不太好，精神狀態也不好。

像是睡眠不足頭暈暈的，但並不明確知道是身體
哪裡有問題，或是像中暑這種感覺，都可以說是気分
が悪い。

▌機会 2（kikai）
きかい
▌休憩 0（kyūkei）
きゅうけい

休息。另外，去愛情賓館短時間開房間「休息」，
也叫做休憩。
きゅうけい

練習寫看看

気 持ち ─ 　　 もち
　　ki mo chi

気 分 ─ 　　 ぶん
　　ki bu n

機 会 ─ 　　 かい
　　ki ka i

休 憩 ─ 　　 ゅうけい
　　k y ū ke i

片假名的「キ」

幾 ⋯⋯ 戈 ⋯⋯ キ

源自中文「幾」字的部分筆劃。不過比較好記的
方式是和平假名當成一組來記憶，き和キ只差了最後
一筆而已。

▌ キーボード ₃（kībōdo）＝ key board ＝鍵盤
▌ キッチン ₁（kitchin）＝ kitchen ＝廚房

練習寫看看

Key board ─ 　　 ボード
　　　kī　　bō　do

Ki tchen ─ 　　 ッチン
　　　ki　t chi n

く

ノク

　　　羅馬拼音為 ku，與中文的「哭」聲音相近。く由中文久字變化而來，發音和臺語裡久長（kú-tn̂g）的久很像。和う同樣，也要注意發音時嘴形不要太噘，用略為扁嘴、嘴角稍微上揚的嘴形說才會好聽。

平假名的「く」

源自中文「久」字的草書體。

くち
1. くちべに
口紅 0
kuchibeni

2. くちょう
口調 0
ku chō

■ 口 0（kuchi）

　　　口這個字很常跟其他字組合成為新詞，比如口紅、口調（說話的語氣）等，有時會依組合的前一

1. 2.

1. 出口 1
でぐち
deguchi

2. 入口 0
いりぐち
iri guchi

個字而變成濁音的口使用，例如：出口、入口，要特
　　　　　　　　　　　　　　　1.　　2.
別注意唸法。

■ 黒 1（kuro）
　くろ

■ 訓読 0（kundoku）
　くんどく

練習寫看看

黒 － ろ　　　　　　口 － ち
　　ku ro　　　　　　　　　　ku chi

訓 読 － んどく
　　　　ku n do ku

片假名的「ク」

源自中文「久」字的前二筆。

■ クリスマス 3（kurisumasu）
　＝ Christmas ＝聖誕節

■ クーポン 1（kūpon）＝ coupon ＝折價券

■ クッキー 1（kukkī）＝ cookie ＝餅乾

クリスマス！

練習寫看看

Ch ristmas — リスマス
ku ri su ma su

Cou pon — ポン Coo kie — ッキー
kū po n ku k kī

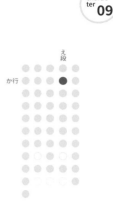

character
09

| い | に | け |
| ノ | ケ | ケ |

羅馬拼音為 ke，讀音為「丂ㄟ」（中文中沒有完全相同的音），發音和臺語裡計畫（kè-uē）的計很像。

平假名的「け」

源自中文「計」字的草書體。左邊言部用一筆帶過，右邊的十則是寫得比較流線變成現在所看到的け的右半部型態。

▎計画。（keikaku）
▎計算。（keisan）

▌健康 0（kenkō）

▌警察 0（keisatsu）

練習寫看看

計 画 —	いかく	計 算 —	いさん
ke i ka ku		ke i sa n
健 康 —	んこう	警 察 —	いさつ
ke n kō		ke i sa tsu

片假名的「ケ」

　　源自中文「介」字的簡化。這個字同時也長得和英文的 K 很像（看著 K 把書向右轉 45 度就是ケ啦！），發音也一樣，非常好記。

▌ケーキ 1（kēki）＝ cake ＝蛋糕

▌ケース 1（kēsu）＝ case ＝箱子 / 行李箱

▌ゲート 1（gēto）＝ gate ＝柵門

練習寫看看

| Ca | ke | — | | キ | | Ca | se | — | | ス |
| | | | kē | ki | | | | | kē | su |

| Ga | te | — | | ト |
| | | | gē | to |

深探究竟：
日文「門」是什麼意思？

　　門這個詞，懂中文的人大概沒有不懂的。日文中也有「門」，但它和你所理解的中文詞「門」，卻有不同的意涵。

　　跟我們會將門分成大門、柵門、拉門一樣，日文裡說的門也有細分成不同功能和位置，用不同的名詞表達。有些說法和我們習慣的中文說法，居然不一樣！

QR code!
http://bit.ly/2lU6hBO

　　這些表達方式一開始會讓人不習慣，但是並不難學。都是很實用的日語小常識哦！

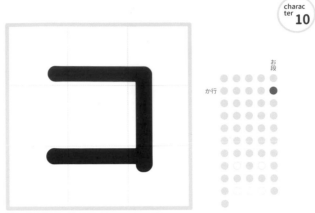

character **10**

一 こ

コ コ

1. 個 1
ko

羅馬拼音為 ko，發音和中文的「扣」、臺語的「褲（khò）」類似。日文中一個兩個的個，就是寫作這個「個」字，並且也可以單單寫作片假名的コ。例如在蔬果店，可能會看到蘋果「1 個 100 円」或「1 コ 100 円」的寫法，兩種都是正確用法。

平假名的「こ」

　　源自中文「己」字的草書體。己原本是三筆劃，連接完整；日文平假名こ則省略中間一筆，只留頭尾。因此書寫的時候，請寫得像是第一筆的延伸和第二筆劃的起頭，互相之間彷彿有條隱形的線條連接著的感

覺，就能寫得漂亮。

■ 自己紹介 3（jikoshōkai）

　　自我介紹。

■ 子供 0（kodomo）

　　小孩。

■ 口座 0（kōza）

　　銀行戶頭

■ 牛蒡 0（gobō）

練習寫看看

自	己	紹介 ― じ		しょうかい	口	座 ―			ざ
		ji ko	shō	ka i		kō			za
	子	供 ―	ども			牛	蒡 ―		ぼう
		ko	do mo				go	bō	

片假名的「コ」

擷取自中文「己」字上半部，省略第三筆劃而來。

▌ コミッション 2（komisshon）

　 = commission ＝手續費 / 仲介費

▌ コスプレ 0（kosupure）= cosplay ＝角色扮演

▌ コミニケーション 4（kominikēshon）

　 = communication ＝溝通

練習寫看看

co mmission	—	ミッション
		ko mi s sho n
co splay	—	スプレ
		ko su pu re
co mmunication	—	ミニケーション
		ko mi ni kē sho n

深探究竟：
日本社會的「飲ミニケーション」

　　當代日本人上班族生活壓力大，上班時説不出的話，又不能總是憋在心裡？嗯，那就邊喝邊聊吧！帶你認識何謂日本獨特的「飲ミニケーション」！

QR code!

http://bit.ly/2ISB9Ti

character **11**

一 ナ さ

一 ナ サ

羅馬拼音為 sa，發音和中文的「撒」相同，さ正是由中文左、散兩字變化而來，而現在的日文中散的發音和中文的 <ruby>散<rt>ムラ</rt></ruby> 仍然是同音，例如：<ruby>発散<rt>はっさん</rt></ruby>[1]、<ruby>散乱<rt>さんらん</rt></ruby>[2]等等。

　　熟悉臺語的人應該對以下幾個詞彙並不陌生吧？臺語中秋刀魚讀作 san-báh，近臺語音「瘦肉」，而這其實是日文的サンマ[3]；餐廳老闆免費請客人吃小菜時會説「這是『殺必思』。」其中的「殺必思」，則是日文的サービス[4]，隨著客人購買的服務或產品，額外招待某些服務或贈送禮品的意思。

　　另外，我們早已習慣的「○○桑」也就是日文中稱他人時總要説「○○さん」，用的就是さ這個字。除了さん，還可以更進一步敬稱為さま，也就是漢字的「<ruby>様<rt>さま</rt></ruby>」[5]，以中文語感而言，相當於從原本稱人先生，

1. <ruby>発散<rt>はっさん</rt></ruby> 0
has san

2. <ruby>散乱<rt>さんらん</rt></ruby> 0
san ran

3. サンマ 0
sa n ma

4. サービス 1
sā bi su

5. <ruby>様<rt>さま</rt></ruby>
sama

升級為稱之閣下，尊崇與禮待又更上一級。

　　雖説在中文的世界裡動不動就被人稱為閣下，似乎有些彆扭，然而對日本的服務業中，客戶就是神一般的存在（雖然這幾年服務業以客為尊的精神式微，但客人的地位一般而言仍然遠高於第一線服務人員），因此一律都是以樣^{さま}稱呼。

平假名的「さ」

　　さ源自中文「左」字的草書體。左這個字在日文中可以音讀為左^さ，也可以訓讀為左^{ひだり}。

1. 左^{ひだり} 0
hidari

1. ━━

■ 左翼^{さよく} 1（sayoku）
■ 左遷^{させん} 0（sasen）

　　降職。

練習寫看看

左	翼		よく		左	遷		せん
	sa	yo ku				sa	se n	

片假名的「サ」

サ擷取自中文「散」字左邊的上半部。

- サンマ $_0$（sanma）＝秋刀魚
- サービス $_1$（sābisu）＝ service
  ＝殺必思＝免費招待
- サンプル $_1$（sanpuru）＝ sample ＝樣品

練習寫看看

秋	刀魚 —	＿ンマ	ser	vice —	ビ＿＿
		sa n ma			sā bi su
sa	mple —	＿ンプル			
		sa n pu ru			

提示：底線有兩格的時候就表示英文部分請填兩個英文字母，日文部分也必須填入兩個文字（包含長音符號也算一個文字唷）。

深探究竟：
把商店擬人化是傳統？日本的「襲名」

日本人有個很有趣的習慣，在商店或品牌名稱後加上さん，變成「〇〇屋さん」。為什麼把商店擬人化呢？其實背後藏著莫大的商業利益！

QR code!
http://bit.ly/2mgls8Q

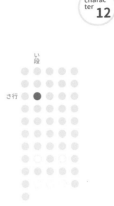

し

、、シ

1.ショート 1
shō to

　　羅馬拼音為 shi，讀音跟中文「西」相近。要特別注意，雖然羅馬拼音寫作 shi，但讀音是 si，不是 shi 的音。し、シ兩字皆由中文的「之」字變化而來。臺語裡，説人腦袋秀逗的「秀逗」就來自日文ショート（short），即腦袋短路的意思。

1.ショート

平假名的「し」

　　源自中文「之」字的草書體，是將三筆劃濃縮為一筆的結構。日文書道裡寫し這個字時，有時還會

在下筆時特意頓一頓，以表現出「之」頭上那一點，而非總是直筆帶過。

▌親友 。(shinyū)

中文的親友是親戚＋朋友的意思；日文的親友則是感情非常好的朋友。中日字面相同，意思卻不一樣。

▌信用 。(shinyō)

在現今中文中，信用主要是當作名詞使用，表示因過去的作為、人品表現，是人能否信任某人的依據。比如，信用額度、信用貸款、某人信用很差等等。日文的信用則除了前述的意義，還可當動詞使用，做信任及採用某人的意思。

▌信賴 。(shinrai)

指相信某個人。與前一個單字信用很相似，但並不一樣。信賴並不需要任何具體客觀之依據，單純對某人有良好的評價或情感上的關係，因而願意相信、依賴對方，並任由對方做出各式各樣的決定，就是信賴。信用一詞則強調需要有過往的客觀事實作為輔佐，讓人能不對某人感到懷疑、猜忌，進而達到信任。

■ 時間。（jikan）

練習寫看看

親友 —	ゆう	信用 —	よう
shi n yū		shi n yō	
信賴 —	らい	時間 — かん	
shi n ra i		ji ka n	

片假名的「シ」

シ是把「之」字三筆劃解構，重新組合得來的。原本的之寫起來需要四四方方的結構，比較占空間，シ則可以寫得非常瘦扁。可以想像古代的日本人，在字裡行間標注讀音時，把之寫成「シ」確實方便得多。

■ ショート₁（shōto） ＝ short ＝秀逗

■ シャツ₁（shatsu） ＝ shirt ＝襯衫

■ シリコーン₁,₃（shirikōn） ＝ silicone ＝矽利康

練習寫看看

sho rt —	ート	shi rt —	ャツ
shō	to	sha	tsu
si licone —	リコーン		
shi ri kō n			

character **13**

一 す
フ ス

　羅馬拼音為 su，讀音近似中文蘇，但同樣要記得 u 段音的發音重點，嘴不要變成 o 嘴形。

　至此你學習了超過五分之一的五十音，或許你已經感受到：有些日文五十音和臺語甚至國語（其實是北京話）有相同的讀音，而有些卻不然，根本對不上。比如日文的す＝ス，源自中文的寸、須兩字。其中ス的發音和臺語須要（su-iàu）中的須完全一樣，但不論是國語或臺語，卻都和寸字連不起來。這是為什麼呢？

　日語中，來自中國的讀音依照來源區分成各式各樣的「○音」。最早傳入日本的是和閩南語音相近的南方口音「吳音」。（江南一帶古稱吳越之地，所用方言則稱吳語。日本人因此稱之為吳音。）其次是來

自中國北方的「漢音」，漢音傳入後吳音也並未消失，已經融入生活中的詞語仍然很多人使用，因而就有了吳音、漢音及日語的訓讀音並存的情況。後來又傳入日本的則是唐宋時期的「唐音」。（唐是中國的借代，而不是單純指唐朝。）

這漫長的歷史中，日本不斷吸收中國的漢語語音，另一方面，中國的語言也從中古漢語逐漸演進，朝向現在我們所認識的風貌蛻變。因此，我們所熟悉的閩南語，雖然較國語更接近中古漢語的語音，但畢竟也經過了時間淘洗，並非完全保留原音。

以上種種緣故，導致雖然照理説我們應該能從構成五十音的漢字字音，直接對應出五十音的字音，但現在卻如你所見的，並非如此。

以ス字的來源「須」這個字來説，光是源自漢語的音読就有兩種發音，一是須，例如必須、急須、横須賀；二是須，例如須要、須臾。這裡す屬於吳音，しゅ則是漢音。

那麼我們需要去了解甚至記憶吳音、漢音嗎？當然不用。以上的內容只是希望幫助你理解「為什麼日文漢字會有這麼大量且不規則的讀音」，而不是要造成你的困擾。看得越多，自然而然就會熟悉並知道怎

1. ひっす
必須 0
hi su

2. きゅうす
急須 0
kyū su

3. しゅよう
須要 0
shu yō

4. しゅゆ
須臾 1
shu yu

麼發音。如果不知道，那也沒關係，就 Google 囉！

平假名的「す」

　　す源自中文「寸」字的草書體。寸的第二筆和第三筆的一點連作一筆劃，就成了繞一個圈的す字。寫す字時，可以注意這個原始的結構，將第二筆中豎的特質表現出來，如背脊般挺直，並且將這個筆劃偏右書寫，就能造就優美的す。

■ 寸法 ₀（sunpō）
■ 寿司 ₁（sushi）
■ 相撲 ₀（sumō）

練習寫看看

寸 法 —		ぽ う	寿 司 —		し
	su	n pō		su	shi
相 撲 —		も う			
	su	mō			

片假名的「ス」

須……須……ス

ス擷取自中文「須」字右半部頁字最下面的三筆劃。

▌必須。（hissu）＝必須
▌急須。（kyūsu）＝陶茶壺／瓷茶壺

一般而言，急須特指專門用來泡日本茶，壺身圓潤容量小巧的茶壺；茶壺握柄通常在茶壺壺身上，且和壺嘴夾角 90 度，稱為橫手。西式茶壺，則被稱為ティーポット（teapot），容量較大，可以一次注入許多熱水，再邊聊天邊斟出喝茶。

日本茶不耐久浸，熱水泡久了會有澀味釋出，因此市面上能看到的急須通常「肚量」都很小，讓人一泡一泡，每次都不留

1. 橫手 0
   yoko de

2. ティーポット 3
   teï po tto

キュウス

殘餘的茶湯在壺內，確保口感一致，不受破壞。

▌ スーパー₁（sūpā）＝ super

　＝ super market ＝超市

▌ ステンレス₂（sutenresu）

　＝ stainless ＝不鏽鋼

練習寫看看

必 須 － ヒッ	急 須 － キュウ
hi s su	kyū su
su per － パー	s tainless － テンレス
sū pā	su te n re su

深探究竟：
既可道歉又可道謝的すみません

　　すみません（sumimasen）是日語「對不起」中輕量級的選項之一，使用頻率相當高。但日本人把すみません掛在嘴邊，真的只是道歉嗎？すみません同時具有感謝與道歉的雙面性質，是什麼意思呢？

QR code!

http://bit.ly/2lU8ope

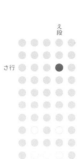

え段

さ行

ーナせ
つセ

羅馬拼音為 se。せ＝セ兩字皆由中文的「世」字變化而來，臺語裡「世界（sè-kài）」的發音和日文中世界（せかい）的發音也幾乎一模一樣。[1]

另外，老一輩臺灣人會說西裝叫「西米羅（si-bí-loh）」，也是沿襲自日文的背広（せびろ）。背広（せびろ）這個詞最早[2]約於 1870 年代在日本出現，仔細看，這時間，正好和日本殖民臺灣的期間重合，也就不難理解為何老一輩臺灣人會說西裝叫做西米羅了。有一說是穿了西裝後，肩背部會看起來比較寬而有氣派，因此叫做背広（せびろ）。

至今日本唯有年紀 50 歲以上的叔伯、阿公世代，還會使用背広（せびろ）這個詞彙；現在年輕一輩穿的西裝，大多以英語 suits 衍生而來的外來語スーツ稱之。背広（せびろ）[3]

1. **世界** 1
se kai

2. **背広** 0
se bi ro

3. **スーツ** 1
sū tsu

和スーツ都是西裝，兩者間卻有一個關鍵差異：背広<ruby>背広<rt>せびろ</rt></ruby>只有男裝，世界上不存在女用背広<ruby><rt>せびろ</rt></ruby>這種東西；スーツ則包含男士西裝及女士套裝。

　　話説從頭，在背広<ruby><rt>せびろ</rt></ruby>一詞誕生的 1870 年代，連背広<ruby><rt>せびろ</rt></ruby>本身都是來自西洋的時髦服裝，女性大多還穿著傳統和服過日常生活，根本沒想到背広<ruby><rt>せびろ</rt></ruby>會有讓女性穿上身的一天，因此背広<ruby><rt>せびろ</rt></ruby>也就成了男士限定的服裝名詞。スーツ一詞逐漸流行的時代，則和女性意識興起，及女性由家庭走入職場的時代重合，大量穿套裝的辦公室女性穿著スーツ上班，也就成了當時日本新的職場風景。

平假名的「せ」

　　中文世字的草書體，將筆劃減省保留大致外觀就成了せ。

■ 世界<ruby><rt>せかい</rt></ruby>₁（sekai）
■ 世間<ruby><rt>せけん</rt></ruby>₁（seken）
■ 世紀末<ruby><rt>せいきまつ</rt></ruby>₃（seikimatsu）

練習寫看看

世界 — □ かい
se ka i

世間 — □ けん
se ke n

世紀末 — □ きまつ
se i ki ma tsu

片假名的「セ」

セ是把「世」字只留下最後兩筆得來的。

▌ セット₁（setto）

= set ＝套餐 / 設置 / 裝設 / 設計頭髮

▌ セブン₁（sebun）= seven

= seven eleven ＝ 7-11 便利商店

▌ センス₁（sensu）= sense ＝品味

練習寫看看

se t — ット
se t to

se ven — ブン
se bu n

se nse — ンス
se n su

character 15

そ
、ソ

羅馬拼音為 so，讀音近似中文搜。そ＝ソ兩字皆由中文的「曾」字變化而來。

平假名的「そ」

中文曾字的草書體，將筆劃減省保留大致外觀就成了そ。

▌ 増加。（ zōka ）
▌ 増税。（ zōzei ）
▌ 卒業。（ sotsugyō ）
▌ 損失。（ sonshitsu ）

練習寫看看

| 增加 — | | か | 增税 — | | ぜい |
| 卒業 — | | ぎょう | 損失 — | | しつ |

（zō ka　增加 zō ze i　增税　so tsu gyō 卒業　so n shi tsu 損失）

片假名的「ソ」

曾……曾……ソ

「曾」字只書寫最初的兩筆劃，就得到ソ。

▌ ソース₁（sōsu）＝ sauce ＝醬汁

▌ ソロ₁（soro）＝ solo ＝獨奏／獨唱

練習寫看看

| sau ce — | | ス | so lo — | | ロ |

（sō su　so ro）

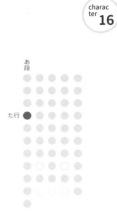

charac
ter
16

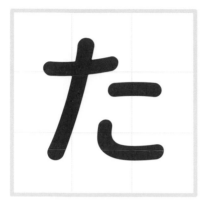

ー ナ た た
ノ ク タ

　　羅馬拼音為 ta。た＝タ的讀音跟中文「他」相近。許多民間流傳，讓人耳熟能詳的用語，像是：燙斯（衣櫥）、塌塌米（藺草疊蓆）、太伊魯（磁磚），都是た開頭的日文單字演變而來。

平假名的「た」

　　た源自於「太」字。在日文中太的發音，和中文（及臺語）裡面太的發音是相同的。

▌ 疊 0（tatami）
▌ 太陽 1（taiyō）

■ 大臣 ₁（daijin）

だいじん

■ 大使 ₁（taishi）

たいし

練習寫看看

畳 —	み	太 陽 —	よう
ta ta mi		ta i yō	
大 臣 —	じん	大 使 —	し
da i ji n		ta i shi	

片假名的「タ」

タ是「多」字只留上半部「タ」的部分而來。前面介紹過的燙斯（衣櫥）、太伊魯（磁磚）要怎麼寫呢？請看以下的說明。

■ タンス ₀（tansu）

　＝箪笥（たんす）＝和式衣箱／衣櫃

雖然以片假名書寫，但需要注意的是箪笥是徹頭

たんす

徹尾的傳統日本家具，起源於距今約 350 年前，因為江戶時代（えどじだい）經濟高度發展，百姓擁有的財產變多，逐漸需要更多收納空間而生。因此箪笥（たんす）以抽屜多，容量大，外型方正為其特徵。

■ タイル 1（tairu）
＝ tile ＝磁磚

練習寫看看

箪 笥 — ス		t ile — イル
ta　　 n　 su		ta　 i　 ru

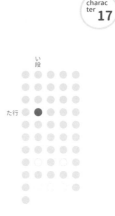

ー ち

ー ニ チ

　　羅馬拼音為 chi，讀音跟中文「七」相同。我們熟悉的注文、稱可愛動漫角色為某某「醬＝ちゃん」的用法，都是和ち有關。

平假名的「ち」

　　ち源自於「知」字，例如唐朝孫過庭《書譜》裡，就有將知寫成ち型的字跡（見下圖）。在日文中知的發音，和中文（及臺語）裡面知的發音是很相近的，例如「知己（ti-kí）」。

■ 知識₁（chishiki）

▋ 知恵 2（chie）

▋ 知能 1（chinō）

▋ 知名度 2（chimeido）

練習寫看看

知 識 ―	しき	知 恵 ―	え
chi shi ki		chi e	
知 能 ―	のう	知 名度 ―	めいど
chi nō		chi me i do	

片假名的「チ」

　　チ是漢字「千」字演變而來，保留了千的形體，非常好記。臺語千讀音同「清」，也可看出千字和チ音的關聯。外來語語源中有 ti/chi 的發音，都常用チ做對應。

▋ チケット 1（chiketto）＝ ticket ＝票券

▋ チキン 1（chikin）＝ chicken ＝雞

練習寫看看

ti cket ―	ケット	chi cken ―	キン
chi ke t to		chi ki n	

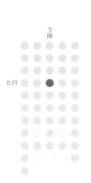

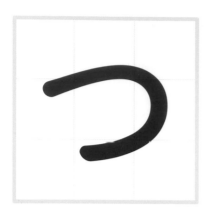

<small>う段</small>

<small>た行</small>

つ

ゝ ッ ッ

<small>そくおん</small>
1. 促音 0
<small>soku on</small>

羅馬拼音 tsu，讀音近似注音的ㄘ。つ是一個很特別的五十音，當它是正常尺寸的つ時，就唸作一般的「ㄘ」音。但當它**寫作縮小的「っ」時，卻有特別的功用：促音**。

1.

促音是什麼？究竟要怎麼唸呢？外國人學習日語發音時，最常搞砸的就是促音。促音並不困難，看看地球另一邊西班牙的彈舌音，需要唇齒靈活和不斷練習才能講得三分像，反觀大多數促音唸不好的人，其實不是不會發這個音，而是沒真正弄懂過正確的促音究竟是什麼──只要懂得促音的道理，就能唸得九分準。

▌ 促音的重點

1. 促音っ的效果**就像樂譜上的休止符**一樣，告訴**讀者要在這裡留出一拍的空間**，再接續下去唸後面的文字。

2. 除了停一拍，**緊接在っ後面的文字必須讀起來像是突然被塞住，然後再急促的發出聲音的樣子**。也因為有這個讀起來帶有緊促感的特徵，っ才被稱作促音。

接下來不妨透過實例，看看先、皐月、殺気三個相似讀音的單字有什麼不同，來體會不同的っ帶來的影響。

先發音是兩拍的「さ＋き」；皐月讀作三拍子的「さ＋つ＋き」；殺気則應讀作三拍的「さ＋っ（無聲）＋き」，而且在つき的部分，必須要有明明想發出き的音，但好像被っ塞住，一時發不出來，後來才通暢唸出來的感覺。

1. <ruby>先<rt>さき</rt></ruby> 0
saki

2. <ruby>皐月<rt>さつき</rt></ruby> 0
satsu ki

3. <ruby>殺気<rt>さっき</rt></ruby> 0
sa k ki

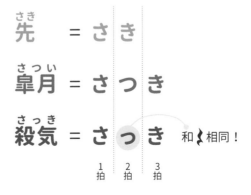

<ruby>先<rt>さき</rt></ruby> ＝ さ｜き

<ruby>皐月<rt>さつい</rt></ruby> ＝ さ つ｜き

<ruby>殺気<rt>さっき</rt></ruby> ＝ さ っ き　和 } 相同！

1 拍　2 拍　3 拍

如果你還是無法掌握促音的精髓，那你只要記住這件事：促音和放屁非常相似。請想像一下，在公眾場合突然感覺想放屁，但又怕這股屁一放會臭暈全場，因此先努力憋屁，結果卻適得其反，最後放了個大響屁的情景。

以上三個單字，在最開始的さ字是完全相同的。先^{さき}只有兩個音節，皐月^{さつき}和殺気^{さっき}則都有三個音節。而同樣都是三個音節，應該唸作三拍子的皐月^{さつき}和殺気^{さっき}，差別則在於要不要憋屁——也就是有無促音。

皐月^{さつき}這個單字，就跟家裡的阿公想放屁就放屁無所顧忌一樣，讀起來很平順、均勻，さ＋つ＋き三個字不躲不藏，堂而皇之。而殺気^{さっき}則像是優雅性感又愛面子的小姐……っ就是她憋屁的片刻，其後的き則是醞釀許久後忍不住了，被擠出來的大響屁。

想著憋屁的感覺，練習先^{さき}、皐月^{さつき}、殺気^{さっき}三個詞，那很快就能掌握促音的精髓啦！

平假名的「つ」

つ源自於「川」字。不過川在日文中現在多使用

1. 川 2
　かわ
　kawa

訓讀川。
1.

▌ 通信 0（tsūshin）
　つうしん

▌ 通話 0（tsūwa）
　つうわ

▌ 月 2（tsuki）
　つき

練習寫看看

| 通 | 信 | — | | | し | ん | | 通 | 話 | — | | | わ | |
| | tsū | | | | shi | n | | | | tsū | | | wa | |

| 月 | | — | | | |
| | | | tsu | | ki |

片假名的「ツ」

　　ツ也是由漢字「川」變化而來。シ和ツ兩個片假
名經常被初學者搞混，需要多留意。シ是縱向排列筆
劃而成的文字，兩點由上而下排列，第三筆再由左下
角往右上角提過去。ツ則是橫向排列筆劃的文字，頭
兩點由左而右排列，最後一筆從右上角往左下角撇
去。

▌ ツイン₂（tsuin）＝ twin ＝雙胞胎

▌ ツイッター₀（tsuittā）＝ Twitter ＝推特

▌ マッサージ₃（massāji）

＝ massage ＝馬殺雞＝按摩

　　臺灣到處都可以見到マッサージ的招牌，但一半以上都採用了不正確的寫法：

正確　　マッサージ————（小ッ，代表促音）

錯誤　　マツサージ————（大ツ，讀音 tsu）

　　　　マシサージ————（シ，讀音 shi）

　　製作招牌的人或許不懂日文，因此無法區分促音的ッ和正常的ツ，甚至是毫不相關的シ之間，有什麼不一樣。但你不能分不出來！手寫時請注意：促音的ッ作橫書時要縮小，偏左並偏下方書寫，直書時則要縮小偏右偏上方書寫。就能寫得正確寫得美！

練習寫看看

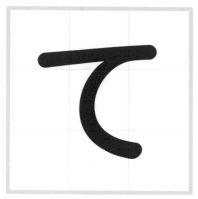

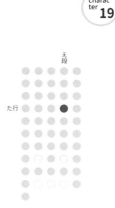

character **19**

え段

た行

て
一 ニ テ

1. 手 ₁
   て
   te

2. 天地無用 ₁
   てんちむよう
   ten chi mu yō

3. 天下一品 ₁
   てんかいっぴん
   ten ka i p pin

4. 天婦羅 ₀
   てんぷら
   ten pu ra

羅馬字為 te，讀音近似臺語提起／拿起（theh-khì）的「提（theh）」音。在日文中，て也可以直接代表手的意思。我們熟悉的天地無用（貼在包裹上，意為禁止上下顛倒擺放）、天下一品（意思為天下第一的東西），以及天婦羅等詞，都是日文中常見的て開頭詞彙。

平假名的「て」

5. 天 ₁
   てん
   ten

て源自於「天」字。在日文中天的發音，和中文（及臺語）裡面太的發音是相同的。

天婦羅／天ぷら／天麩羅。（tenpura）

原為外來語 tempero，因此有許多種不同的寫法。
一般而言天婦羅指的是日式炸蝦、炸物，但關西、四
國、九州一帶天婦羅也是炸魚漿製品的意思。

電車。（densha）

同臺灣説的火車。

手料理₂（teryōri）

手作料理，尤指非專業手藝的家庭料理。

練習寫看看

| 天 | 婦羅 | — | | ぷら | 電 | 車 | — | | しゃ |
| | | | te | m pu ra | | | | de | n sha |

| 手 | 料理 | — | | りょうり |
| | | | te | ryō ri |

深探究竟：
日本、臺灣的天婦羅為什麼不一樣？

　　日本人説天婦羅，通常指的是
外裹蛋汁和日式麵衣的油炸食品，
臺灣的天婦羅則通常指甜不辣。天
婦羅可以代表甜不辣，甜不辣卻不
等於天婦羅……同學你頭暈了沒？

QR code!

http://bit.ly/2lTYfsF

片假名的「テ」

　　テ也是「天」字變來的，保留兩橫以及一撇的下半部，就得到日文五十音テ。テ開頭的外來語非常多，雖然羅馬拼音寫作 te，但並不是只有寫作 te 的外語單字會用テ發音。在外語詞彙音譯進入日語時，通常會以盡力保留原文發音方式的概念進行音譯，因此像是 table 的發音 [tebl]，比起羅馬字拚為 ta 的タ，第一個音節的讀音更接近羅馬字拚為 te 的テ字，這時多半就會寫作テーブル（tēburu）而不是タ―ブル（tāburu）。

■ テレビ₁（terebi）= televi = television ＝電視
■ データ₁（dēta）= data ＝資料
■ テーブル₀（tēburu）= table ＝餐桌

練習寫看看

te levision	―	レビ	da ta	―	タ
		te re bi			dē ta
ta ble	―	ブル			
		tē bu ru			

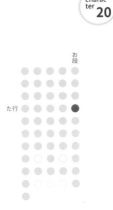

、と

｜ト

　　羅馬字是 to，讀音和臺語「吐（thó）」相近，或是注音的「ㄊㄛ」。臺語裡說螺絲起子叫「樓賴把（lo-lài-bà）」，或是番茄叫「偷媽豆（thoo-má-tooh）」，又或者是卡車叫「拖拉庫（thoo-lá-khuh）」，其實都是從日文來的外來語，而且通通都是と的單字哦！

■ **助詞と的重點**

　　と是助詞的一種，在日文中可當作中文的「和」來使用。用法非常多種，以下介紹頻繁遇到的基本用法。

　　1. 可用と來羅列、條列名詞。 例如，買了電視和餐桌，用日語說就是：テーブルとテレビを買いまし

た。當使用と連接時，表示除了電視和餐桌，其他的都沒買。

2. 可用と表示動作的共同行為人是誰。例如，和新垣結衣一起去旅行了，用日語説就是：新垣結衣と旅行に行った。放在と前面的新垣結衣，就是一起去旅行這個動作的共同行為人。

3. 可用と說明比較的基準是什麼。例如，新垣結衣和渡邊直美不一樣，是瘦子。用日語説就是：新垣結衣は渡辺直美と違って、細いです。當用渡邊直美作為比較基準的時候，新垣結衣算是瘦子。但如果某天改成拿更瘦的人，例如瘦子代表桐谷美玲（身高 163cm，體重 39kg）來做比較基準的話，或許新垣結衣（身高 168cm，體重 48kg）反而是比較胖的一方。那就會變成新垣結衣は桐谷美玲と違って、太いです。と前面的比較基準換掉，那麼比較的結果，自然也會不一樣。

還有一種と的用法，並不是前面說的「和」的意思，而是引用的意思。

在日文中想要引用對話或文獻時，又或者是想要表達自己意見、想法時，と相當於上下引號「」，有把對話或論點打包起來、框起來的作用。例如，不説

1. 新垣結衣 5
   （あらがきゆい）
   ara gaki yu i

2. 旅行 0
   （りょこう）
   ryo kō

3. 渡辺直美 0
   （わたなべなおみ）
   watanabenao mi

4. 違う 0
   （ちが）
   chigau

5. 細い 2
   （ほそ）
   hoso i

6. 桐谷美玲
   （きらたにみれい）
   kira tani mi rei

7. 太い 2
   （ふと）
   futo i

「我愛你」的男人，日文是：愛してると言わない男。又比如：被人告白説「喜歡」了，日文則是：「好きだよ」と告白された。使用と表達引用句的時候，引文本身加不加引號都可以。

1. 告白 0
kokuhaku

平假名的「と」

と來自中文止字的草書體，止的四個筆劃精簡成兩筆劃。

■ 豆腐 0（tōfu）
■ 読書 1（dokusho）
■ 丼 0（donburi）

練習寫看看

豆 腐 ─ ＿ ふ　　読 書 ─ ＿ しょ
　tō　　　fu　　　　do　ku　sho

丼 ─ ＿ んぶり
do　n　bu　ri

片假名的「ト」

「止」字只書寫最初的兩筆劃，就得到ト。

- トマト₁（tomato）＝ tomato ＝番茄
- トラック₂（torakku）＝ truck ＝卡車
- トイレ₁（toire）＝ toilet ＝廁所
- ドライバー₀（doraibā）＝ driver ＝螺絲起子

練習寫看看

to mato — マト	**t** ruck — ラック
to　ma　to	to　ra　k　ku
to ilet — イレ	**d** river — ライバー
to　i　re	do　ra　i　bā

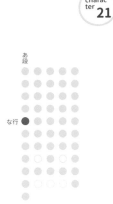

charac
ter
21

な ナ

ー ナ ナ な

ー ナ

羅馬字為 na，讀音近中文的「那」。前文中介紹い時曾提過，日文中的形容詞有半數是用い作為字尾，稱為「い形容詞」，例如：

1.

卡哇伊＝可愛い
（諧音）

喔伊細＝美味しい
（諧音）

都是い！

1. い形容詞 4
   i kei yō shi

2. な形容詞 4
   na kei yō shi

另一半不是い形容詞的部分，則是此處出現的な為字尾的「な形容詞」。

2.

重要な

元気な

都是な！

い形容詞大多是在受到漢文化影響前的大和民族固有語彙——「和語詞彙」占了其中之大部分。例如：熱い、高い、白い。雖然現在書寫時都用漢字書寫，但仔細看以上い形容詞，多為訓讀發音，也就是說以上的詞彙，都是日本古來就有的詞彙，只不過在發展書寫的過程中，套上了和這些詞彙意義相合的漢字而已。

な形容詞則是以外來語源詞彙（漢語語源的詞彙也算在內）為主，例如：綺麗、平安、複雜。甚至歐美的語言也能變成日文な形容詞使用，例如：クール（cool）、シャイ（shy）等等❻。

な形容詞和い形容詞不同之處，除了語源一個是日本的固有語，另一個是外來語居多外，在文法的使用上也有差異。

▌ な形容詞的重點

い形容詞修飾名詞時可以直接使用，不需要額外添加東西：い形容詞＋名詞。例如，かわいい女（可愛的女人）是かわいい＋女。かわいい本身意思就是「可愛的」，因此可以直接拿來修飾後面的名詞「女」。

---

1. 熱い 2
 あつ
 a tsu i

2. 高い 2
 たか
 taka i

3. 白い 2
 しろ
 shiro i

4. 綺麗 1
 きれい
 ki re i

5. 平安 0
 へいあん
 hei an

6. 複雜 0
 ふくざつ
 fukuzatsu

7. クール 1
 kū ru

8. シャイ 1
 sha i

❻ な形容詞在字典中，只會記錄稱作「語幹」的本體部分，而「語尾」的な是不記的。

9. 女 0
 おんな
 onna

用な形容詞修飾名詞時，則須加上な作連接，也就是：な形容詞＋な＋名詞。比如，美麗的女人，必須寫成「綺麗な女」＝綺麗（きれい）＋な＋女，而非「綺麗の女」或「綺麗女」。同理，酷的女人，則要寫成クール＋な＋女＝「クールな女」。

雖然和い形容詞一樣是形容詞，但在日語的文法活用變化中，な形容詞使用方法其實更接近名詞。而且，事實上大部分な形容詞除了可以當形容詞用，真的也能當作名詞使用。

在日文字典中，通常既可以作形容詞又可以當名詞的な形容詞，會被標註成【名・形動】，名代表名詞，形動則代表形容動詞❼。例如，「平安」本身是な形容詞，可以用作形容詞：平安な日々（平安的每一天）。同時它也可以作名詞用：家族の平安を祈る（祈禱全家平安）。即家族平安這件事本身是祈求的內容，平安就不是形容詞而是名詞了。

1. 日々 1
   hi bi

2. 祈る 2
   ino ru

❼ 雖然い形容詞和な形容詞在我們眼裡都是中文所說的形容詞，但在日本人所學習的文法中，兩者卻被歸為兩個不同的類別。い形容詞是「形容詞」，な形容詞則是「形容動詞」，兩者是完全不同的概念，文法上也完全不同。

裘莉小叮嚀

別過度執著文法問題

以上這些，雖然是很基本的日文文法，但對初學五十

音的人而言或許還太難吸收。其實看不懂也沒關係，對初學者而言，這些都是枝微末節。沒有哪個日本小孩是從文法開始學日語的，所以不必在五十音剛開始之際就被這些磨人的語言規則抹煞學習的樂趣。

等到你學會五十音，開始能夠閱讀日文之後，自然而然就會遇到各式各樣的句型結構和文法。逐漸累積使用日文的經驗，慢慢地你就會熟悉、歸納，並且能夠自然運用這些規則。如果到時候還有什麼文法讓你覺得ㄨㄦ二金剛摸不著腦袋，那就到那個時候再去看文法書吧！已經看過很多實例後再去看文法書的吸收效果，絕對比你現在就硬啃文法好得多。

平假名的「な」

な為中文奈字的草書體演變而來，將筆劃減省保留大致外觀就成了な。日本古都奈良就是用這個字。日文なに是「什麼」的意思，相當於英文疑問詞的 what，非常實用。

1. なに 1
   na ni

1.

■ 奈良 1（nara）
■ 内科 0（naika）
■ 納豆 3（nattō）

片假名的「ナ」

「奈」字只書寫最初的兩筆劃，就得到ナ。

▌ ナース ₁（nāsu）＝ nurse ＝護士

▌ ナビ ₁（nabi）＝ナビゲーション

＝ navigation ＝導航

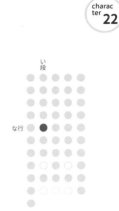

character
22

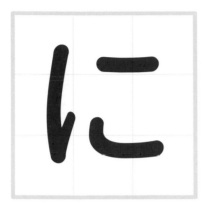 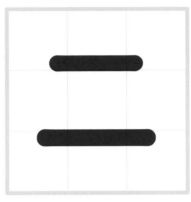

に發音和中文的「你」類似。に也是日文中重要的助詞之一。**に通常用來表達「黏著、接著、聚焦在某個『點』上」的概念。**這個「點」既可以是地點、對象人物這種有形的點，也可以是時間點這種無形的點，還可以是話題點或是改變後的狀態這種抽象的點。以上所有的「點」，都可以用に表示。

▌助詞に的重點

1. 表示精確的時間點。比如「三時<ruby>に<rt></rt></ruby>会おう」意思是在三點的時候相會，那就是不多不少，要在剛剛好三點的時候相會。

2. 表示移動到某個目標地點。使用に表達移動到某個目標地點時，強調的是到達目的地的這個結果，

1. <ruby>会<rt>あ</rt></ruby>う
  a u

1. 日本 2
にほん
ni hon

2. 帰国 0
きこく
ki ko ku

3. 椅子 0
いす
i su

4. 座る 0
すわ
suwaru

5. 告白 0
こくはく
kokuhaku

6. 同性婚
どうせいこん
dō sei kon

7. 賛成 0
さんせい
san sei

8. 海賊王 5
かいぞくおう
kai zoku ō

9. 俺 0
おれ
ore

而非移動的過程。比如「日本に帰国する」意思是歸國回日本，這裡的日本是一個地點，要歸國去的目的地是日本這個地點，因此寫成日本に。

3. 表示持續性動作所發生的地點。比如「椅子に座る」的意思是坐在椅子上。某個人持續坐這個動作，而他坐在哪裡呢？椅子這個「點」上。

4. 表示某行為的對象人物或對象事物。比如「先生に告白する」意思是告白的對象是老師。又比如「同性婚に賛成する」，同性間的婚姻這件事，是說話者所做賛成這個動作的對象、主體。

5. に也用來表達目的或改變後的結果，例如魯夫的名言：「海賊王に俺はなる！」在に前面的海賊王就是魯夫想要的蛻變結果。

看起來雖然分類繁多，但別深究，用簡單點的方式去感受に的語感，會發現以上的所有例子，都不離一開始說的「に是用來表達黏著、接著、聚焦在某個『點』上」的概念。

前三種用法中，三點是一個精確的**時間點**，日本是明確的**目的地點**，人坐在「椅子」這個**物體的點**上，三種都算是非常具體的「點」。第四種用法代表「對象的點」裡，告白行動像一支箭，老師是這支箭的靶

心，人肉靶心的老師就是我們所謂**對象的點**。同理，同性婚姻也是被人贊成的對象的點。

　　最後，第五種用法的魯夫名言：「我要成為海賊王」中，「要成為什麼？」＝「人生要去哪裡？」魯夫選擇變成海賊王，這時海賊王就是他所選擇的**人生的目的地**。每個人的人生一番努力後，最後停泊的地方不盡相同，可能變成廚師、醫師……甚至魔法師。目的地的選擇有這麼多的情況下，に指示出明確的目標，魯夫就是要「海賊王」這個唯一的目的地，其他地點他都不要，也算是選了某一個抽象的「點」。

平假名的「に」

　　に源自中文「仁」字的草書體。仁原本是四筆劃，將左邊的人字偏旁連為一筆，就是日文的に。

▌日本 3／日本 2（nippon/nihon）

　　日本、日本兩種唸法都是正確、正式用法，最開始只有日本，江戶時代東京人口音重，唸糊了，才有了日本。現在除了慣用、有固定說法的情況以外，一

般口語時多説日本（にほん），在吶喊的時候多説日本（にっぽん）。最常見到日本（にっぽん）説法的時候是運動比賽，因為日本讀音比較有爆發力，所以觀眾加油時，通常都是説日本（にっぽん）。

▌日本語（にほんご）。（nihongo）

就是日語、日文。

▌煮物（にもの）。（nimono）

日文中「煮（に）」相當於中文中「魯（用醬油、醬汁煮）」的意思，而中文裡的「煮（用清水煮）」用日文説則是「茹（ゆで）」。別搞錯囉！

練習寫看看

日本 — っぽん・　ほん
　　　ni p po n　ni ho n

日本語 — ほんご　　　煮物 — もの
　　　 ni ho n go　　　 ni mo no

片假名的「ニ」

擷取自中文「仁」字右半部。

▌ ニュース ₁（nyūsu）＝ news ＝新聞

日文中ニュース就是我們所説的新聞，比如電視新聞寫作テレビニュース。而我們熟悉的新聞一詞，在日文中也有，同樣寫作新聞，但新聞並不是新聞的意思，其意思是報紙。

1. テレビ ₁
   te re bi

2. 新聞 ₀
   しんぶん
   shinbun

▌ ニュアンス ₁（nyuansu）
＝ nuance ＝隱喻、言外之音

ニュアンス語源來自法語 nuance，原意是色調變化、微小的差異。在日文中則用作言外之音的意思。

練習寫看看

ne ws — ユース	n uance — ュアンス
nyū su	nyu a n su

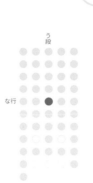

う段

な行

ヽ ぬ

フ ヌ

1. **ない** ₁
　　na　i

2. **ず**
　　zu

3. **ぬ**
　　nu

羅馬字為 nu，發音和中文的「奴」類似，事實上ぬ也是由奴字變化而來。

日文中表示否定的用法主要有三個：ない、ず和ぬ。現在的日文中最常用的是ない，而ず和ぬ則是古語。雖說是古語，在正式的文書、歌詞、詩歌、文學作品中，登場的機會仍相當頻繁。日文存在七種不同的動詞變化，在不同的動詞變化下，否定的用法也不一樣。

在學習五十音的階段，只需要先了解ぬ能夠代表否定的意思就已足夠。比如，見る是看，見ぬ則是不看；変わる改變，変わらぬ則是不改變、不變。有了這個基本常識，以後閱讀文章猜文意的時候，如果遇到ぬ出現，你就知道要多考慮一下，文句中沒有寫到

ない但實際上是否定意涵的可能性。

　　至於ぬ的實際使用方式和文法規則，等五十音都熟悉了，要開始學文法時再慢慢擴充知識就可以了，不需要現在這個階段就費心思在這上面，反而會貪多嚼不爛唷！

平假名的「ぬ」

　　ぬ源自中文「奴」字的草書體，總共只用了三筆劃就完成，第二筆劃繞圈圈一般的寫法，需要較多練習才能掌握字行比例。

▍塗り薬 ₃（nurigusuri）

　　主要指的是塗抹在身上使用的藥膏。不過噴劑、凝膠、甚至藥洗等液態的外用藥，也都算在日本人說的塗り薬之中。外用藥的另一個類別則是用貼的貼り薬。

1. 貼り薬 ₃
   ha ri gusuri

1.

▍盜人 ₀（nusubito）

　　賊、小偷的意思。

練習寫看看

| 塗 り薬 | — | | りぐすり | 盗 人 | — | | すびと |

nu ri gu su ri　　　　nu su bi to

片假名的「ヌ」

擷取自中文「奴」字右半部。

▌ ヌードル₁（nūdoru）＝ noodle ＝麵

▌ ヌード₁（nūdo）＝ nude ＝裸體

練習寫看看

| noo dle | — | | ドル | nu de | — | | ド |

nū　　　　do ru　　　　nū　　　　do

裘 莉 小 叮 嚀

　　像ヌードル和ヌード這兩個詞，只差一個字，意思卻截然不同。日文中只差一個字、一個長音、一個促音，甚至右上角的濁音點，就大幅改變意思的情況很多。因此發音時務必要完整！可別因小偷懶鬧大笑話！

character
24

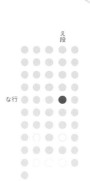

え段

な行

| ね
' フ ネ ネ

1. **ネクタイ** 1
   ne ku ta i

ね發音和中文的「內」類似，但更接近「ㄋㄝ」的音。臺語説領帶叫「內酷太」，就是來自日文「ネクタイ（necktie）」。

1._____

平假名的「ね」

ね源自中文「祢」字的草書體，總共只用了二筆劃就完成。經常有人分不出字型很相像的ね和ぬ，兩者的右半部完全相同，一樣有繞圈圈一般的寫法。只要先記得ぬ來自奴字，左半部是奴字的女部，而ね的左半部是祢字的ネ部簡化，如今長得像ㄔ，就能輕鬆區別ね和ぬ了。

■ 寝顔 0（negao）

　睡著的臉。注意日文漢字寢和中文字寢寫法不同。

漢字顏和中文顏寫法也不一樣（注意左邊彥的寫法）。

■ 猫背 2（nekoze）

　駝背。中文貓左邊偏旁和日文漢字猫寫法不同。

■ 値段 0（nedan）

　價格。

練習寫看看

寝顔 —	がお	猫背 —	ぜ
	ne ga o		ne ko ze
値段 —	だん		
	ne da n		

片假名的「ネ」

擷取自中文「袮」字左半部。

■ ネックレス 1（nekkuresu）＝ necklace ＝項鍊
■ ネット 1（netto）＝ネットワーク 4（nettowāku）

　＝ network ＝網絡

練習寫看看

ne cklace —	ックレス	ne t —	ット
	ne k ku re su		ne t to

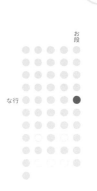

charac
ter **25**

の
ノ

　　羅馬字及讀音為 no，沒有剛好對應的中文字音。大多數的人即便沒有學過日文，也不會不認識の。の在臺灣被大量使用，大家認識の這個五十音，並且知道の就是日文的「的」。比如，鈴木一郎の子供就是鈴木一郎的小孩的意思。

順便一起學

助詞の的重點

　　の當作「的」來用的觀念，在臺灣廣為人知，不過一知半解吃大虧，の雖然是「的」，使用上卻不等同於所有中文「的」的使用情境。

　　の最常見的誤用是，拿來綴在日文中本來就是形容詞的詞彙後面。例如美味しい在日文中意思是美味的——注

1. 葡萄 0
bu dō

2. 高価 1
kō ka

3. 夫 0
otto

4. 愛人 0
ai jin

5. 息子 0
musuko

6. ガールフレンド 5
gā ru fu re n do

7. 殺人事件 5
satsujin ji ken

8. 現場 0
gen ba

9. 音楽 1
on gaku

10. 知識 1
chishi ki

意！美味しい意思為「美味的」，而不是「美味」——意思是美味しい本身就已經是形容詞了，可以直接修飾名詞。因此若寫作美味しいの葡萄，就成了錯誤的用法，正確用法為美味しいの葡萄。這樣的用法和中文可以直接說高山、深淵，而不需要畫蛇添足地說成高的山、深的淵一樣，當形容詞本身已是形容詞，又何必再多加上「的」呢？

以上是い形容詞的情況，如果是な形容詞，則稍有不同。如我們在な的篇章中曾經介紹過な形容詞經常同時具有名詞和形容詞的特性，和純粹只能作形容詞用的い形容詞 不一樣。例如高価既可當作名詞，同時也是な形容詞。高価意思是「高價」，高価な意思才是「高價的」。所以當要用高価來形容葡萄時，應該在高価後面加上な，變成高価な葡萄。

日文中把の當成中文「的」來用時，の一定要接在名詞後面。其實不論中文或日文，名詞本身並不能直接拿來形容其他名詞。但就如中文裡「名詞＋的」就可以拿來修飾名詞（例如：椅子的顏色）一樣，日文中「名詞＋の」就可以用來修飾の後面的名詞。這又分成所有格的用法，和單純修飾名詞的用法。

● 1. 表示所有格的「人＋の」

夫の愛人（丈夫的情婦）、愛人の息子（情婦的兒子）、息子のガールフレンド（兒子的女朋友）……以上三個例子中，所有的の都是所有格的「的」。

● 2. 用名詞修飾名詞的「事物＋の」

殺人事件の現場（殺人事件的現場）、京都の情報（京都的資訊）、音楽の知識（音樂的知識）……以上三個例

子中，殺人事件是名詞，京都是名詞，音樂也是名詞，都不是形容詞，但後面加上日文的の後，就可以拿來修飾名詞。

　　附帶一提，日文中也有「的」一字。日文の和日文的「的」，究竟使用上有什麼異同呢？

　　舉例而言，基本な問題＝基本的問題，而基本的な問題＝基本面的問題，「的」強調了事物所具有的性質，也可以説「的」強調聚焦的層面是哪個面向的事情。例如，現実的政策（具現實性的政策），経済的な不足（經濟層面的不足）、積極的に参加する（具積極性地參加）等等，都是這樣的表達方式。這屬於較書面、學術、正式的語彙，因此在新聞或雜誌中比較容易遇到。

1. 的
   てき
   teki

2. 基本 0
   きほん
   ki hon

3. 問題 0
   もんだい
   mon dai

4. 経済 1
   けいざい
   kei zai

5. 不足 0
   ふそく
   fusoku

6. 積極 0
   せっきょく
   sek kyoku

7. 参加 0
   さんか
   san ka

平假名的「の」

　　の源自中文「乃」字的草書體，總共只用了一筆劃就完成。

▌海苔 2（nori）
　　のり

▌濃密 0（nōmitsu）
　　のうみつ

練習寫看看

海	苔		り
		no	ri

濃	密		みつ
		nō	mi tsu

片假名的「ノ」

擷取自中文「乃」字的一撇。

■ ノーベル賞 4（nōberushō）＝ Nobel 賞
＝諾貝爾獎

■ ノート 1（nōto）＝ note ＝筆記本

練習寫看看

No	bel 賞		ベル賞
		nō	be ru shō

no	te		ト
		nō	to

charac
ter
26

あ
段

は行 ●

い に は
ノ ハ

1. ハンドル 0
　ha n do ru

2. パン 1
　pa n

3. ハム 1
　ha mu

4. バイオリン 0
　ba i o ri n

❽ 半濁音用法參照
P264。

　　羅馬字為 ha，讀作「哈」，當作助詞時則讀作「挖」。在臺語中，文蛤唸作「蛤罵（ham-á）」，和日文的 蛤（はまぐり）的頭兩個音相同。另外從臺語方向盤「ハンドル」、麵包「パン」、火腿「ハム」、柏青哥「パチンコ」、小提琴「バイオリン」的發音中，也都見得到は的身影。は行中，共五個五十音（はひふへほ），除了有清音、濁音的用法，還額外有半濁音的用法。以は為例，は加上濁音變成ば，加上半濁音變成ぱ，就能涵蓋 h/b/p 三種英文字母開頭的聲音。❽

順便一起學

強調主詞的助詞は

　　は同時也是重要的助詞，具有強調主詞、鎖定主詞的功能，和用來提示主詞、限定主詞的が使用方式很相似。當助詞使用時，は不唸作哈（ha），而讀作哇（wa）。例如：

　　あなたの名前は……？

　　你的名字是……？

　　は的功能是強調主詞、鎖定主詞，例子中，あなたの名前是我們想知道的，所以就用は來告訴對方：我所問的主體是你的名字，不要回答其他的東西。

　　「私は竜です」和「私が竜です」兩句都是正確的日文，但是語義和使用情境完全不同。が與は怎麼分是很多日語學習者的痛，有些人甚至日語學了幾十年，還是不知道這兩個助詞究竟差在哪。

　　就文法上來說，は算是副助詞，和前面所學的格助詞的が並不相同。格助詞的功能是告訴讀者，句中各詞彙之間有什麼關係──這種詞彙間的關係在日文中稱為「格」，因此便稱這種助詞為格助詞。副助詞則是可以替換格助詞，並且會提供額外資訊給讀者的助詞。而は就是可用來替換格助詞的が，並具有區別、對比功能的副助詞。不過文法什麼的太抽象了，越看越昏了嗎？其實只要看下面的實例說明，你就能輕鬆感受到兩者間的差異。

　　有一天，狗、龍跟貓三個人在酒吧遇上，彼此都是第一次見面，所以沒人知道誰叫什麼名字。不過既然要交朋

1.**名前** 0
　na mae

2.**竜** 1
　ryū

3.**副助詞** 3
　fuku jo shi

4.**格助詞** 3
　kaku jo shi

友，當然要先自我介紹吧！龍便説了：「私は竜です。（我是龍。）」於是其餘的兩人，也輪流説出自己的名字。

聊天聊著聊著，時間過得很快，眼看三個人的飲料都喝完了，貓便自願去幫大家買第二輪飲料。龍要的是啤酒，狗則説他不想喝，不用買他的。經過十分鐘，貓終於端著自己的果汁和龍要的啤酒回來，卻非常臉盲地認不出誰是龍、誰是狗。這時候龍便説：「私が竜です。（我才是龍。）」

簡而言之，一開始龍説出：

「私は竜です」時，他想提供的資訊是は後面的資訊，也就是「龍」這個名字。

後來龍説：

「私が竜です」時，他想強調的是が前面的資訊，也就是「私」。（我啦，我啦！我才是龍！）

再換個例子。

比如某次高中畢業的第十年同學會，當年的老同學們有許多人都結婚了，大家在討論下一個不知道誰會結婚時，有某個跟龍比較熟的同學説：「竜が結婚するよ！」這個同學聽到「下個是誰要結婚？」的話題，有可提供的資訊：「龍啦！他有要結婚唷！」的意思。

1.結婚 0
kek kon

當我們今天説：「竜が結婚する」時，表示我們知道有某個人要結婚，話題的焦點是「結婚」這件事，而竜則是做結婚這個動作的行為人。

可是如果龍從高中時代就眾所皆知是堅決不婚的浪子，大家討論到龍的八卦，説到一半的時候，突然有人説：「沒有喔，龍早就脱離不婚主義。龍要結婚了！」就可以説是：「竜は結婚する」。那個號稱絕對不結婚的龍……那個龍要結婚啦！

將が改為は，竜が結婚する→竜は結婚する，就暗示說話的人已知行為的本體是「竜」，而「結婚する」這件事是 竜 這個主體所做的動作。整句話的意思是龍本身已經確定會做結婚這個動作，至於龍以外的同學會結婚，或不會結婚，則不是討論的重點。因為竜は結婚する整句話唯一要緊的主體是 竜 本身到底結不結婚。

在竜が結婚する中，語意強調的是明知道有某人會結婚，但到底是誰會結婚？是狗、貓嗎？不是。是龍要結婚。

在竜は結婚する中，我們關心的是，明知道龍要做某件事，但龍到底要做什麼？是吃東西嗎？龍要哭了嗎？不是，龍要結婚。

裘莉小叮嚀

開口吧！錯得多學得快

現在你已經了解は、が兩者間基本的差異，就算沒完全懂，也不要太在意。以後日文文章看多了，自然而然就會對這些區別有體悟。而且重點是，這兩個講錯了，頂多也只是開口說日語時不自然而已，還是能達到溝通的目的。越擔心用錯，越害怕用錯，只會越不敢開口──我們學語言不是為了考試，是為了溝通，所以別鑽牛角尖在這些細節上，多用多說準沒錯。

平假名的「は」

は源自中文「波」字的草書體，左邊三點水總共只用了一筆劃。日文中的波就讀做は，代表水波、波瀾的意思。

- 波瀾₀（haran）
- 蛤₂（hamaguri）
- 発音₀（hatsuon）

練習寫看看

波瀾 ─　　らん　　　　蛤 ─　　まぐり
　　ha ra n　　　　　　　　ha ma gu ri

発音 ─　　おん
　　ha tsu o n

片假名的「ハ」

ハ擷取自中文「八」字。保留完整的字體字型，ハ真的就是個八。日文八的發音也是ハチ。

1. 八₂
hachi

1.

▌八方美人 5（happōbijin）
(はっぽうびじん)

　　意思類似八面玲瓏，不管什麼情境下都笑臉迎人，什麼人來看他都覺得沒缺點的人。但八面玲瓏是正面的意思，八方美人則多有明褒暗損之意。指人多方討好，為了讓人覺得他是好人而到處迎合、做作，看似很好相處，其實從不表達自己內心真正的感受。

▌ハンドル 0（handoru）＝ handle ＝方向盤
▌バイオリン 0（baiorin）＝ violin ＝小提琴

練習寫看看

八 方美人 —	ッポウビジン
ha　p　pō　bi ji n	

ha ndle —	ンドル	vi olin —	オリン
ha　n do ru		ba　i　o ri n	

character **27**

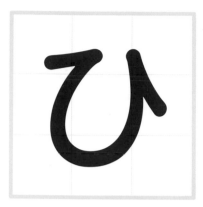 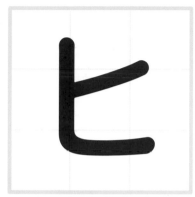 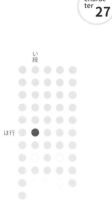

　ひ
　－ヒ

　　　羅馬字為 hi。ひ＝ヒ的發音在中文字裡沒有直接可對應的音。不過也不困難，ひ＝ヒ和英文中男性第三人稱單數的 he 是相同的發音。濁音び讀作 bi，同逼；半濁音ぴ讀作 pi，音同批。

平假名的「ひ」

　　ひ源自中文「比」字的草書體。

■ 比較 0（**hikaku**）
　 ひかく

■ 表現 3（**hyōgen**）
　 ひょうげん

■ 美少女 2（**bishōjo**）
　 び しょうじょ

片假名的「ヒ」

ヒ擷取自中文「比」字的右半部。

▌ ヒール₁（hīru）＝ heel ＝高跟鞋

▌ ビール₁（bīru）＝ beer ＝啤酒

▌ ピンク₁（pinku）＝ pink ＝粉紅色

character
28

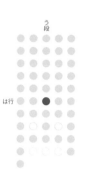

う
段

は行

、ぅふふ
フ

　　羅馬字寫作 fu，發音近似中文的「乎」，但別忘了在う學過的基礎，日文中遇上 u 時，不是用嘴形圓圓的唸法來發音，要用嘴唇放鬆、嘴形較平的方式來唸，才不會聽起來怪怪的。

平假名的「ふ」

不 ⋯⋯ 不 ⋯⋯ ふ

　　ふ源自中文「不」字的草書體。日文不可能（ふかのう）、不在（ふざい）、不思議（ふしぎ）等詞，都用上了不這個字，算是常見又好記哦。

▎不可能（ふかのう）₂（fukanō）

▎不在。（fuzai）

▎不思議。（fushigi）

練習寫看看

不 可能 — 　　かのう	不 在 — 　　ざい
fu　ka　nō	fu　za　i

不 思議 — 　　しぎ
fu　shi　gi

片假名的「フ」

　　フ擷取自中文「不」字的頭兩筆劃，並且把兩筆連接成為一筆。

▎ブラジャー₂（burajā）= bra
　= brassiere =胸罩

▎ファッション₁（fuasshon）= fashion =時尚

▎フランス。（furansu）= france =法國

練習寫看看

b rassiere — 　　ラジャー
bu　ra　jā

f ashion — 　　ッション
fu　a　s　sho　n

f rance — 　　ランス
fu　ra　n　su

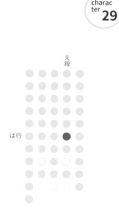

ヘ

ヘ

羅馬字寫作 he，發音和中文的黑相似，但更像臺語的「那（he）」的音。ヘ也是重要的助詞，用作助詞時，唸成跟注音符號ㄟ同音的「欸（e）」音。

順 便 一 起 學

表方向的助詞ヘ

格助詞大多有許多不同的使用方式，但ヘ算是日文中最單純一種格助詞。使用上非常簡單，放在ヘ前面的就是移動的方向／目的地。

舉個實際的例子來看看吧。東^{ひがし}ヘいく，意思是「向東方去」。ヘ表示出本句中「去」這個動作的方向。當然，這個方向也不必然只是東西南北的方向，也可以是地點，例如日本^{にっぽん}ヘ旅行^{りょこう}する。

1. 東^{ひがし} 0
   higashi

2. いく 0
   i ku

3. 旅行^{りょこう} 0
   ryo kō

誒……那「日本に旅行する」跟「日本へ旅行する」有沒有不一樣呢？兩個都是去日本旅行的意思，如果你只是想要告訴人家「要去日本旅行了」這個事實，用哪一個都是 100 分。不過硬要區分差異的話，當然「日本に旅行する」跟「日本へ旅行する」之間還是略有不同。

如之前所說，**に強調的是「點」**，在這邊這個「點」就是目的地，「日本に旅行する」是表明要去**日本這個很明確的地方旅行，其他哪兒也不去**。へ強調的是**移動方向**，而目的地本身則是個較模糊且廣域的概念，所以**就旅行的方向上來說往日本去，但中間如果有什麼好玩的或許也會停下來看看。**「日本へ旅行する」重視整趟朝向日本而去的旅行，「日本に旅行する」重視到了日本開始旅行這個結果。

以政府官員出訪外國為例來看就更明白了，**へ的情況就好像總統訪美**，主要的目的說是訪美，但中間往往會多去幾個邦交國家，鞏固一下情誼，因此雖然說是訪美，其實是**沿途各國一路訪過去，而最重要的行程是訪美，因此整趟行程就叫做訪美**，如此而已。

如果今天純粹是從離開國門那一刻開始，中間哪裡也不停，直接飛到美國落地，訪美行程結束就上飛機，直飛回國，那就比較符合に的「點」的概念，而不是へ的「方向」概念了。

平假名的「へ」

へ源自中文「部」字的偏旁「阝」。

▌部屋₂（heya）

▌弁当₃（bentō）

便當。

▌便利₁（benri）

練習寫看看

部 屋 — ＿ や	弁 当 — ＿ んとう
he　ya	be　n　tō
便 利 — ＿ んり	
be　n　ri	

片假名的「ヘ」

ヘ源自中文「部」字的偏旁「阝」。

▌ヘルメット₃（herumetto）＝ helmet ＝安全帽

▌ペット₁（petto）＝ pet ＝寵物

▌ペンチ₁（penchi）＝ pinch

＝尖嘴鉗 / 虎頭鉗等鉗子

練習寫看看

h elmet — ＿ ルメット	p et — ＿ ット
he　ru　me　t　to	pe　t　to
p inch — ＿ ンチ	
pe　n　chi	

character
30

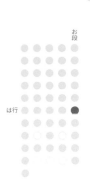

は行 ・

羅馬字為 ho，ほ＝ホ的讀音和臺語「好用（hó-ēng）」的好相似。像我們日常生活中耳熟能詳的日語疑問詞「紅豆泥」的第一個字，就是寫作這個「ほ」。

「紅豆泥」其實是日文本当に，在日語中代表「真的嗎？」或強調「真的很……」之用，並不是真的紅豆泥的意思。而真正日語中的紅豆泥，則寫作「粒餡／つぶあん」和「漉し餡／こしあん」。前者如字面所示，保有紅豆的顆粒，吃起來較有口感；後者是煮過的紅豆以篩布去皮，只留細緻的豆泥再混入砂糖，質地細滑。

日本人認為工序複雜的漉し餡屬於較高雅、高貴的口感，但老實說，對我這來自臺灣的舌頭來說，吃

ほんとう
1. 本当 0
hon tō

つぶあん
2. 粒餡 0
tsubuan

こ　あん
3. 漉し餡 0
ko shi an

得到顆粒的粒餡，才是層次豐富。正因為青菜蘿蔔各

有所愛，在日本，各式各樣的和菓子都會標示清楚他

所用的紅豆泥到底是粒餡還是漉し餡，選擇時不妨多

注意一下。

平假名的「ほ」

　　ほ源自中文「保」字。和波→は、計→け一樣，

左邊人字邊的部首「亻」，直接一筆帶過；右邊的「呆」

也經過簡化，但保留字型的基本樣貌。はほ字型非常

相似，只差了右上方是否多了一筆，有些初學者難免

搞混，但ほ源自中文「保」字，右上的一橫剛好是呆

的口字部分；は來自「波」字，兩者都保留了右上角

要「出頭」的特徵，其實很好區辨。

　　日文保就是唸作ほ。保護、保育園、保險等詞中

的「保」都是同樣的發音。

■ 保護 1（hogo）

■ 保育園 3（hoikuen）

　　相當於托兒所。實際上日文保育園一詞包含 0 歲

至學齡前的所有孩子，只要排得到號，皆可入園。

▌ 保険。（hoken）

　　保險在中文中，險字的右下部寫成「口口人人」，在日文中卻有不同的寫法。務必多練習幾次。

練習寫看看

保護 — ご
　　　 ho　go

保険 — けん
　　　 ho　ke n

保育園 — いくえん
　　　　 ho i ku e n

片假名的「ホ」

保 ⋯⋯ 保 ⋯⋯ ホ

　　ホ字乍看起來就和中文的木相同，其實沒錯，ホ來自中文「保」字右下部分的「木」。不過中文書寫木字時，第三筆的撇、第四筆的捺通常和正中間的一豎相連結，並且有延伸、柔美的感覺；日文的ホ中，第三、四筆則要和中央的一豎分開，並且寫出一板一眼的片假名風格，才是好字。

▌ ホテル₁（hoteru）＝ hotel ＝飯店

▌ ボールペン₀（bōrupen）＝ ball pen ＝原子筆

▌ ポイントカード₅（pointokādo）

＝ Point card ＝點數卡／集點卡

練習寫看看

| ho tel | ― | ☐ | テル | | ba ll pen | ― | | ― | ルペン |
| | | ho | te ru | | | | | bō | ru pe n |

| Po int card | ― | イントカード |
| | po | i n to kā do |

**深探究竟：
在日本，保育園≠幼稚園？**

　　日本保育園收的孩子年齡從
０歲開始，一直到上小學前都可
以送去保育園。但可別誤以為保
育園等於托兒所＋幼稚園！日本
有另外的幼稚園制度。兩者差別
在哪裡呢？

QR code!
http://bit.ly/2kgaa3P

あ
段

ま行 ●

一＝ま

マ マ

1. **お母さん** 2
　　o kaa sa n

2. **マ マ** 1
　　ma ma

　　ま＝マ的發音和中文「媽」相同。日文的媽媽除了稱為お母さん（等同中文的母親），也可以稱作マ マ，即中文的媽媽。

　　臺語中按摩叫「馬殺雞」、麥克風叫「麥酷」，或是漫畫叫做「棒嘎」，都是源於日語。馬殺雞是マッサージ（按摩），麥酷是マイク（麥克風），棒嘎則是漫画（漫畫）。

平假名的「ま」

末 ⋯⋯ ま ⋯⋯ ま

　　ま字源於中文末，並且保留大致的形象。日文末就讀做まつ。

▌末期 1（makki）

▌漫画 0（manga）

漫画是繪於紙面，運用插畫及人物對話表現故事，並利用分鏡格呈現故事流動的創作方式，等同於中文的漫畫。臺語的「棒嘎」則包含了漫畫以及動畫兩個領域，也就是日文中漫画以及アニメ兩部分。

1. アニメ 0
   a ni me

1.

▌每日 1（mainichi）

請注意日文每字的寫法，和中文每字不同，中文每的母字是上下兩點分開，日文每則是毋，但下緣不可突出。

日文跟中文一樣，在每後面加上不同的時間單位，就有很多的表現方式。比如：每週、每月、每年、每朝（每天早上）、每晚（每天晚上）。

2. 每週 0
   mai shū

3. 每月 0
   mai tsuki

4. 每年 0
   maitoshi

5. 每朝 0
   mai asa

6. 每晚 1
   mai ban

2. 　3. 　4.

5. 　6.

▌満席 0（manseki）

満字的寫法和中文滿字不同，滿右上方是一個廿（ㄋㄧㄢˋ）字，右下的內部則是兩個入字。日文満字右邊則是艹字頭，下半部是日文字両。裡面是山，而不是兩個入。

末期 —	っき	漫画 —	んが
ma k ki		ma n ga	
毎日 —	いにち	満席 —	んせき
ma i ni chi		ma n se ki	

片假名的「マ」

末 ⋯⋯ 末 ⋯⋯ マ

マ字也源自末，取自末字上半部的兩橫筆。

- マダム ₁（madamu）＝ madam ＝夫人
- マッサージ ₃（massāji）＝ massage ＝按摩
- マイク ₁（maiku）＝ mic ＝麥克風

ma dam —	ダム	m ic —	イク
ma da mu		ma i ku	
ma ssage —	ッサージ		
ma s sā ji			

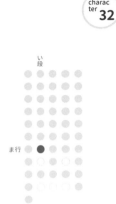

charac
ter
32

みみ
ーミミ

　　羅馬字為 mi，み音同中文咪。味噌湯在日文中稱為味<ruby>噌<rt>そ</rt></ruby><ruby>汁<rt>しる</rt></ruby>，除了漢字寫法，也常寫作みそ<ruby>汁<rt>しる</rt></ruby>，用的就是這個み字。

平假名的「み」

　　み來自中文字「美」。臺語中美讀作 bí，例如美女（bí-lú），日語則加入了鼻音成為 mi，也就是現在的み的讀法。

■ <ruby>味<rt>み</rt></ruby><ruby>噌<rt>そ</rt></ruby><ruby>汁<rt>しる</rt></ruby> 3（misoshiru）

<ruby>汁<rt>しる</rt></ruby>
1. siru 1

　　中文裡，汁多用在果汁等液體飲料，日文的<ruby>汁<rt>しる</rt></ruby>則

1.

141

1. 豚汁 **0**
とんじる
ton jiru

2. 潮汁 **4**
うしおじる
ushiojiru

3. 汁物 **0**
しるもの
shirumono

4. 汁椀 **0**
しるわん
shiruwan

是湯的意思，除了味噌汁，還有豚汁（豬肉湯）、
潮汁（魚湯／海鮮湯）、汁物（湯品）、汁椀（湯碗）
等用法。

■ 蜜柑 **1**（mikan）
みかん

練習寫看看

味	噌汁 —	そしる	蜜柑 —	かん
		mi so shi ru		mi ka n

片假名的「ミ」

5. 一二三
ひ ふ み
hi fu mi

6. 一二三
いち に さん
ichi ni san

❾神曲又來啦！
一二三の歌。（你懂
的～先聽五次，再跟
著唱！）

QR code!
一二三の歌
いち に さん
https://youtu.be/
UgvUPbPSY2g

ミ寫法來自中文字三。日文數數分為和語系統的
一二三（參考右頁表格的和語系統綠色部分），以及
漢語系統的一二三系統（參考右頁表格的藍色部分），
兩種都很常用❾。 中文字三雖然不唸作ミ，但因為三
在日語中本來就讀作ミ，因此看到三自然而然讀成
ミ，也就不難理解。這種情況就和不諳日文的人看到
の時，常會讀作「的」是一樣的。

| 日語數數的方式 | | |
| 數字唸法 | 個數唸法❿ | |
	〜つ（和語系統）	〜個（こ）（漢語系統）
0 れい／ゼロ re i　ze ro	X	れいこ re i ko
1 いち i chi	ひとつ hi to tsu	いっこ i k ko
2 に ni	ふたつ fu ta tsu	にこ ni ko
3 さん sa n	みっつ mi t tsu	さんこ sa n ko
4 し／よん shi　yo n	よっつ yo t tsu	よんこ yo n ko
5 ご go	いつつ i tsu tsu	ごこ go ko
6 ろく ro ku	むっつ mu t tsu	ろっこ ro k ko
7 しち／なな shi chi　na na	ななつ na na tsu	ななこ na na ko
8 はち ha chi	やっつ ya t tsu	はっこ ha k ko
9 きゅう／く kyū　ku	ここのつ ko ko no tsu	きゅうこ kyū　ko
10 じゅう jū	とお❶ tō	じゅっこ ju k ko
?	いくつ？ i ku tsu	なんこ？ na n ko

❿小東西計數的「幾個」的算法。分為和語、漢語雙系統。其中4個、7個的表達方式比較特別，出現在漢語系統中也使用和語數字讀音的現象。

❶和語系統的10為とお，而非とおつ。1-9中使用「〜つ」，是由數字的語根（即：1ひと、2ふた、3み等等）加上日語古語計算個數的「〜つ」而來，而10的語根是と，「を」則是在古語中計算個數遇上10-19時專用的字，現代演變為「を→お」。因此和語系統計個數時10只說とお。

▋ ミルク ₁（miruku）＝ milk ＝牛奶

▋ ミーティング ₀（mīteingu）

　＝ meeting ＝討論會/會議

　ミーティング以雙方碰面溝通為目的，可以單純是下對上報告的形式，也可議而不決。和ミーティン

1. 会議 1
かいぎ
kai gi

2. 根回し 2
ねまわ
ne mawashi

グ略有不同的是，日文中也有会議一詞。会議通常暗
示與會者要盡量在當下提出意見，並且在現場能得到
結論，完成決策。

日文中另有根回し一詞，這是一種日本人慣用的
暗默決議策略。在議案或難以決策的問題出現後，正
式的ミーティング、会議來臨前，利益關係人先找出
將與會的有關人士，私下磋商，這個動作就叫根回し。
在地面下把看不見的盤根錯節都事先搞定的意思。

在正式決議時刻來臨前，私下搞清楚所有人的意
向，並且運籌帷幄，極力説服甚至威脅利誘，使與會
人最終投出的一票和自己的目標相同，這種根回し的
做法，在日本社會算是至關重要的生存技巧。談判桌
上不談判，所有要議的事情都在會議開始前早就有了
答案，談判桌上永遠只走過場。如果不懂常識般的根
回し，在會議上才準備厚厚一疊資料，只怕被早已根
回し完成的敵方陣營打倒，潰不成軍也是必然。

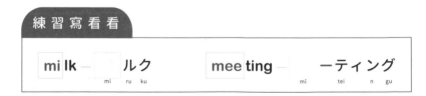

練習寫看看

milk — ルク   meeting — ーティング
mi ru ku   mī   tei n gu

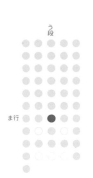

character
33

⎡ もむ
⎣ ㄥ ㄥ

羅馬字為 mu，讀作ㄇㄨ。中文中沒有直接可對應的發音，但對你來說並不困難，只是把我們的木讀作一聲的ㄇㄨ而已。記得和所有ㄨ段音一樣，嘴形不要太圓，變成一個 o 字的話，反而音不準。唸這個字的時候要把嘴巴放輕鬆，嘴角壓扁一點，輕輕地發音就很好聽。

平假名的「む」

日本以武士道精神著稱，む這個字就是從漢字「武」演變而來。「武」那長長的一筆勾，變成貫穿む字的第二筆劃，要有一氣呵成的感覺。另外要注意，

1. 武道 ₁
　ぶどう
　bu dō

2. たけし ₁
　ta ke shi

3. 武士 ₁
　ぶ し
　bu shi

4. 虫 ₀
　むし
　mushi

5. 無視 ₁
　むし
　mu shi

武在日文中，分為漢音的ぶ（如：武道_{1.}ぶどう）、吳音的む（如：武者_{2.}むしゃ）、訓讀的たけし_{2.}三種讀音。而我們熟悉的武士_{3.}ぶし一詞讀為漢音的ぶし，而非むし。真讀做むし就變成虫_{4.}むし、無視_{5.}むし，兩種意思和武士可都搭不上邊，別搞混囉！

▍武者 ₁（musha）

▍無限 ₀（mugen）

▍無罪 ₁（muzai）

練習寫看看

武	者 —	しゃ	無	限 —	げん	無	罪 —	ざい
mu	sha			mu	ge n		mu	za i

片假名的「ム」

　　來自中文牟字的上半部。中文牟字雖然現在不讀作ㄇㄨ音，但在歷史典籍《廣韻》中留有記載，牟的讀音為莫浮切，即為近似ㄇㄨ的讀音。

▍ムービー ₁（mūbī）＝ movie ＝電影

▍ムード ₁（mūdo）＝ mood ＝心情

練習寫看看

mo	vie —	ービー		moo	d —	ード
	mū	bī			mū	do

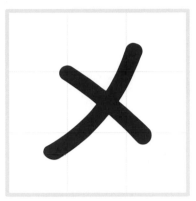

え段

ま行

╲ め
ノ メ

め＝メ音近似中文「妹」，但不讀四聲，讀作一聲的ㄇㄟ。

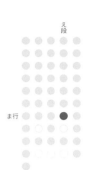

平假名的「め」

女 ⋯⋯ 女 ⋯⋯ め

め字即是中文「女」字的草書體。め這個讀音在日文中本就是女性、雌性的意思，因此在漢字傳入後，用訓讀的方式讀，就成了女（め），例如：女神（めがみ）。還有另一種訓讀的方式則是 女（おんな）現在比女（め）更為常用。漢語音讀的方式則多讀作女（じょ），例如：女性（じょせい）、女子（じょし）等等。

▌ **女神₁（megami）**

■ 目線₀（mesen）

■ 名産₀（meisan）

練習寫看看

女 神 ── 　 がみ　　　　目 線 ── 　 せん
　　　　　 me ga mi　　　　　　　　　 me se n

名 産 ── 　 いさん
　　　　 me i sa n

片假名的「メ」

女 ⋯⋯ 女 ⋯⋯ メ

　　　メ字來自「女」的第一劃的下半部和第二劃。記
住它的由來，就不難記住它的讀音囉～！

■ メール₁（mēru）＝ mail ＝郵件

■ メイク₁（meiku）＝ make ＝ make up ＝化妝

■ メキシコ₀（mekishiko）＝ Mexico ＝墨西哥

練習寫看看

mai l ── 　 ール　　　　ma ke up ── 　 イク
　　　 mē ru　　　　　　　　　　　 me i ku

Me xico ── 　 キシコ
　　　　 me ki shi ko

charac
ter
35

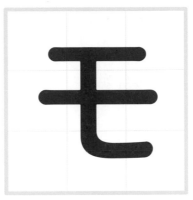

お段

ま行

ˉ＝も.

ˉ＝モ

羅馬字為 mo，も＝モ發音近似ㄇㄛ，也就是臺語頭毛（thâu-mo）的「毛」音。像我們日常生活中耳熟能詳的馬達「貿打（mó-tah）」，也是來自日語，其中的第一個音，就是這個も。此外，も也是重要的副詞。

順便一起學

1. 知_しる 0
shi ru

2. 彼_{かれ} 1
kare

3. 学生_{がくせい} 0
gakusei

4. 母_{かあ}ちゃん 1
kaa cha n

5. 怒_{おこ}る 2
oko ru

副助詞的も

も最常見的功用是表示「也」。 例如，私_{わたし}も知_しらない（我也不知道），彼_{かれ}も学生_{がくせい}だよ（他也是學生），母_{かあ}ちゃんも怒_{おこ}ってる（媽媽也在生氣）等等。

除了「也」這個意思，も還有以下四種常用的意義，都是生活中很實用的用法。

1.好き 0
su ki

2.誰 1
dare

3.腕時計 3
ude do kei

4.三百万 5
san byakuman

5.三時間 3
san ji kan

① **用來列舉同類事物**：例如，漫画もアニメも好き，意思是漫畫、動畫都喜歡。如果你覺得……怎麼兩個「も」才變成一個「都」？這好像有點難理解，那你不妨這樣想：漫画もアニメも好き＝漫畫（也是），動畫（也是），通通都喜歡。

② **用來表達「全面的……」、「完全地……」，既可表示全面肯定，也可表示全面否定**：例如，誰も知らない，是「完全沒人知道」或你也可以說是「誰都不知道」的意思。

③ **表達驚訝、感動**：例如，あの腕時計、三百万円もするんだって，意思是「那個手錶，要三百萬呢！」這裡的も，用來表示出說話者想傳達的「高達○○元」、「居然要○○元」時包含的驚訝和強調語氣。

④ **針對大約、概略的數字或時間進行估算**：例如，三時間もあればできる，意思是「有個三小時的話就辦得成。」在中文中，其實我們省略了一個關鍵的概念，即「も」所暗示的「差不多」的意涵。如果寫得非常完整詳盡，那麼這句例句，就應該譯作「有個差不多三小時的話就辦得成」。

裘 莉 小 叮 嚀

以上四個も的用法，都相當常用。不論在日文文書或口語對話中，出現的頻率非常高。但你千萬別覺得「哇！小小的一個も，就有這麼多不同的功能和意涵，又要靠背才能記住了，真是難題！」以上所有的內容，只是為了讓你有個概念，未來遇到も出現在句子中，只要可以聯想到

も可能有「也」以外的功能，就能幫助你掌握語意。

　　你已經稍微看過も的初步說明，有印象，這就可以了。就像上述第四點中所說，中文和日文互譯時，面對一些隱晦的涵意，我們其實不需要字字斟酌、細細計較。「も＝差不多」這件事有沒有特地翻譯出來，不是最重要的事情。重要的是以文章通篇來看，整體是否能夠達到通順、符合邏輯？

　　文學、寫作、溝通、口語，都是表達和埋解的藝術，其中有非常大的想像空間，因此絕對不要硬性限制自己，被死背的文法綁架想像力，那反而會成為你理解作者真意的障礙。學習語文千萬不要試圖死記硬背，光想「靠背」解決事情，只會讓大腦吃不消，越學越討厭而已。

平假名的「も」

　　「も」由中文字毛的草書變化而來。臺語頭毛（thâu-mo）的「毛」音，和現在日文も也還對照得上，非常好記。

もうふ
毛布 1（mōfu）

　　日文毛布的意思是絨毯，比較輕巧，常在春秋天氣轉涼的時候當被子蓋，或是在隆冬作為厚棉被下面增強密合度的貼身被子使用。另有電毯電気毛布一詞。

でんきもうふ
1. 電気毛布 4
den ki mō fu

■ 猛暑₁（mōsho）

■ 目的₀（mokuteki）

片假名的「モ」

「モ」也是由中文字毛變化而來，只保留後半部，並且去除最後一筆中勾的部分。

■ モーター₁（mōtā）＝ motor ＝馬達

■ モンゴル₁（mongoru）＝ Mongol ＝蒙古

■ モデル₀（moderu）＝ model ＝模特兒／模型

charac
ter
36

 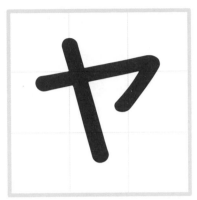

つやや

ーヤ

や＝ヤ讀音和「鴨」相同，在日文中是十分常見的五十音。從や＝ヤ起算，ヤ行總共只有三個平假名やゆよ。這三個平假名有特別的功能，就是當它們縮小（沒錯，就和つ當作促音時要縮小寫作っ一樣的概念），並加在<ruby>清音<rt>せいおん</rt></ruby>／<ruby>濁音<rt>だくおん</rt></ruby>／<ruby>半濁音<rt>はんだくおん</rt></ruby>後面時，會形成特殊的發音：<ruby>拗音<rt>ようおん</rt></ruby>。

1.<ruby>拗音<rt>ようおん</rt></ruby> 1
　yō on

2.にやにや 1
　ni ya ni ya

3.にゃにゃ
　nya　nya

例如，にやにや是笑瞇瞇的意思，但如果是にゃにゃ則是貓叫聲「喵喵～」的意思。這兩者的讀音差異在哪？

笑瞇瞇にやにや總共有四個音節，にやにや各自獨立發音。

喵喵叫的にゃにゃ中，に和表示拗音的小字ゃ，合而為一體，變成只有兩個音節にゃにゃ。

❷「斜」字雖然平時
念ㄒㄧㄝˊ，但在古
文詩詞中（如朱雀橋
邊野草花，烏衣巷口
夕陽「斜」），卻讀
做古音ㄒㄧㄚˊ，和
斜_{しゃ}同音。

話說從頭，上古日語其實沒有拗音這種發音。當代的日語中隨處可見的這種拗音用法，實是受中古漢語影響。例如，斜在日本分為訓讀的斜^{なな}め，以及音読的斜^{しゃ}❷。如前面所述，しゃ這一類的拗音，日本原本是沒有的，音讀的斜^{しゃ}其實是因引進中文這種外來語而生的產物。

因此拗音雖然看起來是新的讀音，而且似乎特別複雜，很難猜出意思。例如：りょうかい、ぎゅうしゃ、しゅぎょう、ひょうじょう……到底是什麼跟什麼啊？

但其實延續前面的概念，你會發現大多數讀音是拗音的詞彙，對你來說其實是最容易親近的漢語詞彙，如果遇上了，不妨在心生恐懼之前，先查查看是否這類單字寫成漢字是什麼。你會發現，其實這些拗音詞彙，真的大都是你根本不太需要費力記憶的詞彙喲。例如前面例子中的四個單字：

りょうかい→了解^{りょうかい}　　ぎゅうしゃ→牛舍^{ぎゅうしゃ}
しゅぎょう→修行^{しゅぎょう}　　ひょうじょう→表情^{ひょうじょう}

是不是很簡單呢？

1. 斜^{なな}め₂
naname

2. 斜^{しゃ}₀
sha

3. 了解^{りょうかい}₀
ryō kai

4. 牛舍^{ぎゅうしゃ}₁
gyū sha

5. 修行^{しゅぎょう}₀
shu gyō

6. 表情^{ひょうじょう}₃
hyō jō

平假名的「や」

「や」是由中文字「也」變化而來，保留了大致的型態，但書寫時重心要偏上，並且寫出倒三角形的型態，才算優美。

▌ 野菜_{やさい}。（yasai）
▌ 約束_{やくそく}。（yakusoku）
▌ 焼肉_{やきにく}。（yakiniku）

練習寫看看

| 野 菜 — | さ い | 約 束 — | く そ く |
| | ya　sa　i | | ya　ku　so　ku |

| 焼 肉 — | き に く |
| | ya　ki　ni　ku |

片假名的「ヤ」

「ヤ」也是由中文字也變化而來。和所有片假名一樣，盡量一筆一劃剛硬，稜角分明，才會好看。因

此雖然や、ヤ兩者都來自也，變化後的字形也非常相近，但要想辦法寫出一柔一剛的兩種對比，多練習吧！

■ ヤクザ 1（yakuza）＝ 893 ＝黑幫 / 混黑道的人

江戸時代日本人愛賭花牌，有種玩法是以三張牌總和後的個位數字大者為優勝。連續拿到大牌 8+9=17，個位數字得到 7，是非常好的牌，但最後一張如果抽到 3，則 8+9+3=20，因為個位數歸零，反而變成最小，是讓人從最贏到墊底的無用牌組。

因為數字 8 的日語音讀ヤ，數字 9 讀作ク，數字 3 則讀音近ザ，因此 8+9+3 的諧音ヤクザ就成了「無用之物、無用之人」的代名詞。這個賭徒用語經過演變，到當代則引申為黑道、道上兄弟的意思。

■ ヤング 1（yangu）＝ young ＝年輕的

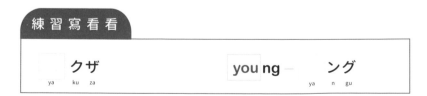

練習寫看看

ya	クザ		you ng	ング
ya	ku za			ya n gu

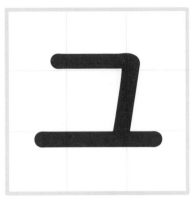
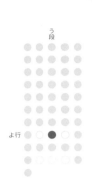

ゆゆ

ユユ

羅馬字為 yu，ゆ＝ユ讀音和英文 you 相同。日文五十音中，ゆ這個字算是出現頻率非常非常高的一個字。單獨寫一個平假名ゆ，就能代表「湯」這個字，意思是熱水、溫泉。

　　在日本的大街角巷裡穿梭時，總能在較傳統的社區裡找到帶有復古昭和氣息的錢湯（即浴場），通常門口的看板或暖簾上，就會寫上這個ゆ，表示錢湯的意思。另外像神隱少女中的湯婆婆角色，直譯也就是浴場婆婆的意思。

せんとう
1.**錢湯** 1
　 sen tō

かんばん
2.**看板** 0
　 kan ban

のれん
3.**暖簾** 0
　 no ren

平假名的「ゆ」

臺語中「自由」唸作 chū-iû，「由來」唸作 iû-

lâi，其實這些漢語詞彙在日文中也都有，而且自由、
由來的讀音也和臺語、國語的讀音很相似。

■ 由来 0（yurai）

■ 自由 2（jiyū）

■ 湯 1（yu）

練習寫看看

由 来 —	らい	自 由 — じ	う	湯 —
yu ra i		ji yū		yu

片假名的「ユ」

■ ユニーク 2（yunīku）＝ unique ＝獨特的、特別的

■ ユニフォーム 1（yunifuōmu）＝ uniform ＝制服

■ ユーモア 1（yūmoa）＝ humor ＝幽默

練習寫看看

unique — ニーク　（yu ni ku）　　humor — ーモア（yū mo a）

uniform — ニフォーム（yu ni fu ō mu）

character 38

お段

よ行

ーよ

フ ヨ ヨ

羅馬字為 yo。よ＝ヨ發音近似中文「唷」。嘴形要圓圓的，把 yo 的 o 表現出來。

順便一起學

語氣詞よ的重點

1. 終 助詞 3
しゅうじょし
shū jo shi

2. 東 京 駅 3
とうきょうえき
tō kyō eki

3. あそこ 0
a so ko

4. 人 0
ひと
hito

5. 必 ず 0
かなら
kanarazu

6. 早 く 1
はや
hayaku

よ也是日文中常用的 終 助詞，作用是表達語氣。可以傳達：

1.「告訴你喔」的告知語氣。例如，東京駅 はあそこよ。（東京車站在那邊唷。）

2.「是這樣才對」的說明、教學語氣。例如，人が多いお店は、必ず美味しいのよ。（人多的店，肯定好吃的。）

3.「注意啊！」的提醒語氣。例如，早くしないと

1. 遅刻_{ちこく} 0
chikoku

遅刻_{ちこく}するよ。（不快點的話要遲到了唷。）
1.

　　以上三種よ的用法，共通點在於都屬於針對説話對象，希望能強烈引起對方注意力的用法。因此對於身分較高的人或長輩使用よ這個語氣詞，有時會顯得較不禮貌，比如學生跟教授説話時用了よ，用的時機沒抓好，可能會聰明反被聰明誤，予人你這小子居然用這種「我教你喔」的語氣跟我這個大學教授説話的感覺。需要特別謹慎使用。

　　和任何一種語言一樣，語氣詞往往只能意會，不能言傳，因此對語言學習者而言，這就像是練武之人學內功一樣，心急也沒用，只能靠感受，慢慢累積經驗之後就能上手。

平假名的「よ」

　　「よ」來自中文「与」，与、予、余也都唸よ。

▌ 給与_{きゅうよ} 1（kyūyo）

　　包含薪水、獎金、房租補貼、車馬費等所有公司付給員工的東西，統稱給与_{きゅうよ}。

▌ 予備校_{よびこう} 0（yubikō）

▌ 余地_{よち} 1（yochi）

練習寫看看

給 与 － きゅう　　　　予 備校－　　びこう
　　　　　kyū　　　yo　　　　　　　　　　　yu　bi　kō

余 地－　　ち
　　　　yo　chi

片假名的「ヨ」　　

來自中文字「與」，擷取與字右上部分而來。

▌ ヨーロッパ 3（yōroppa）＝ Europe ＝歐洲
▌ ヨーグルト 3（yōguruto）＝ yogurt ＝優格
▌ ヨガ 1（yoga）＝ yoga ＝瑜伽

練習寫看看

Eu rope －　　ーロッパ　　yo ga－　　ガ
　　　　　　yō　　ro　p　pa　　　　　　　　yo　ga

yo gurt－　　ーグルト
　　　　　yō　　gu　ru　to

｀ら

ー ラ

羅馬字為 ra，讀音近似中文的「拉」。日文之中ら開頭的字還真不少，其中更有許多是我們耳熟能詳的，你可能使用過無數次！

例如，拉麵是日文的らーめん（也常寫作ラーメン）；打火機臺語稱為「賴打（lài-tah）」，則是來自日文ライター；收音機的臺語叫做「拉擠喔」，也是因為日文裡收音機叫做ラジオ而來（語源來自英文的 radio）。

平假名的「ら」

「ら」來自中文字「良」，日文中良有時唸作ら，有時則也唸作良，同臺語良心（liông-sim）的良音。

1. 良 りょう
ryō

1.

162

■ 野良猫 0（noraneko）

即野貓、流浪貓。

■ 野良仕事 3（norashigoto）

意思是農事、田裡的工作。

■ 奈良 1（nara）

■ 雷雨 1（raiu）

練習寫看看

野 [良] 猫 — の 　 ねこ 　 奈 [良] — な
　 no ra ne ko 　　　　 na ra

野 [良] 仕事 — の 　 しごと 　 雷 雨 — 　 いう
　 no ra shi go to 　　　 ra i u

片假名的「ラ」

來自中文字「良」，由頭兩筆劃變來。

■ ラーメン 1（rāmen）＝拉麵

■ ライター 1（raitā）＝ lighter ＝打火機

■ ラジオ 1（rajio）＝ radio ＝收音機

練習寫看看

[拉] 麺 — 　 ーメン
rā 　　 me n

li ghter — 　 イター 　　 ra dio — 　 ジオ
ra i tā 　　　　　 ra ji o

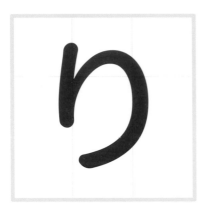
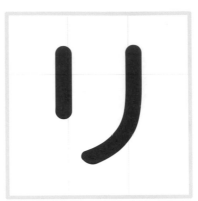

character **40**

ㄌㄧ り
ㄌㄧ リ

　　羅馬字為 ri，り＝リ發音和中文的「利」相同。
而且實際上，這個字就是從中文字利演變而來。日文
中利益（りえき）、勝利（しょうり）等等詞彙，都是漢語音讀的詞彙，注意
觀察，這所有的詞彙中，利都讀作「り」，和中文一
模一樣。

　　和利同樣，中文讀音與日文讀音相同，且都讀作
り的單字，還有力士（りきし）的力（り），理想（りそう）的理（り），以及離婚（りこん）的
離（り）。注意到了嗎？利、力、理、離，雖然每字的中文
發音都有各自的正確聲調，但不論中文是一二三四
聲，到了日文裡面通通都是一樣的り而已。

1. **力士** 1
riki shi

2. **理想** 0
ri sō

3. **離婚** 0
ri kon

平假名的「り」

利……利……り

　　由中文「利」字演變而來。第一筆代表左半的
「禾」，第二筆劃代表右半的「刂」。

▌利益₁（rieki）
▌利潤₀（rijun）
▌勝利₁（shōri）
▌便利₁（benri）

練習寫看看			
利 益 — えき		利 潤 — じゅん	
ri e ki		ri ju n	
勝 利 — しょう		便 利 — べん	
shō ri		be n ri	

片假名的「リ」　　　

　　也是由中文字「利」擷取而來，雖然字型和平假
名非常相像，但片假名的リ代表的是「利」右半的
「刂」部。平、片假名兩個所帶有的意義並不相同。

▌リンゴ₀（ringo）＝林檎＝蘋果

▋ リズム₁（rizumu）＝ rhythm ＝節奏、韻律

▋ リボン₁（ribon）＝ ribbon ＝緞帶

練習寫看看

林 檎 — 　　ンゴ	rhy thm — 　　ズム
ri　 n go	ri　 zu mu

ri bbon — 　　ボン
ri　 bo n

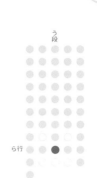

る

ノ ル

1.辞書形
ji sho kei

羅馬字為 ru，る＝ル音近似中文「嚕」，但和所有 u 段音一樣，要注意嘴形，不要太 o，嘴角放鬆才能唸得好聽。

　　る這個五十音開頭的單字比較少，尤其以る字開頭的漢語單字就更少了。在日文接龍遊戲中，る也算是比較難接的五十音。不過因為日語動詞中有一個很大的類別，在辞書形的狀況下一律是以る結尾，所以る的使用頻率其實相當高。

平假名的「る」

　　「る」由中文字「留」變化而來。常見的る開頭的單字，以下列四個字開頭的漢語詞彙為主：留、

る、累、類，數量並不多。

■ 留守 1（rusu）

日文留守是無人在家的意思。在主人外出時，在家顧家的人則稱為留守番。現代人出門時不會特地留人顧家，但古代常把金銀財寶、身家財產全部藏在床底下，而家戶防盜措施又很粗陋，因此就會習慣留人顧家。

日本動畫或日劇中，常會看到長輩出門時，獨留家裡的小孩（通常是青少年）當作留守番的場景，通常會附帶幫忙接包裹或是接聽電話等雜務。

留守番電話則是指電話答錄機，因為主人不在家無法接聽時，由電話答錄機單人留守番，代接電話的意思，所以留守番電話看似是有人幫忙接電話，但其實是無人接聽所以轉接答錄機的意思。

1. **留守番** 0
ru su ban

2. **留守番電話** 5
ru su ban den wa

■ 累計 0（ruikei）
■ 類語 0（ruigo）
■ 流浪 0（rurou）

練習寫看看

| 留守 | ＿ | す | | 累計 | ＿ | いけい |
| | ru | su | | | ru i | ke i |

| 類語 | ＿ | いご | | 流浪 | ＿ | ろう |
| | ru i | go | | | ru | ro u |

片假名的「ル」

「ル」由中文字「流」的最後兩筆擷取而來，豎的筆劃改為撇，豎彎勾筆劃則不彎也不勾了，改為簡單的豎提筆劃。和在平假名的「る」中提到過的例詞流浪的流聯想起來，就很容易記住了。

■ ルーズ₁（rūzu）＝ loose ＝不太嚴謹 / 放鬆的
■ ルール₁（rūru）＝ rule ＝規則
■ ルート₁（rūto）＝ route ＝路線

練習寫看看

| loo se | ＿ | ーズ | | ru le | ＿ | ール |
| | rū | zu | | | rū | ru |

| rou te | ＿ | ート |
| | rū | to |

ー れ

レ

羅馬字為 re，讀音近似中文的「雷」。れ開頭的詞，例如礼儀，讀音和臺語禮儀（lé-gî）完全相同，又比如日文練習發音和臺語練習（liān-sip）也很相近。日文聯、連、廉、蓮等字，也都唸作れん。

平假名的「れ」

れ來自中文礼字的草書。礼通禮，臺語唸作 lé，音同れ，例如：禮儀（lé-gî）。寫的時候分兩筆劃，第一筆的豎要正，架出主幹，第二筆要靈活，寫得輕巧流暢。

▌ 礼儀₃（reigi）
▌ 冷蔵庫₃（reizōko）
▌ 例文₀（reibun）

▌ 蓮華₀ / 蓮花₀（renge）

　　蓮花、蓮華是花名。日文的蓮華還可當作中式湯匙的意思。

▌ 練炭₁（rentan）

　　即速燃木炭。

▌ 歴史₀（rekishi）

　　注意寫法。中文寫作「歷史」，是兩個禾字，日文則是「歴史」，裡面是兩個木字。

練習寫看看

礼 儀 —	いぎ	冷 蔵庫 —	いぞうこ
	re　i　gi		re　i　zō　ko
例 文 —	いぶん	蓮 華 —	んげ
	re　i　bu　n		re　n　ge
練 炭 —	んたん	歴 史 —	きし
	re　n　ta　n		re　ki　shi

片假名的「レ」

　　レ來自礼的右半部。和ル的右半部長得一模一樣。
這也是理所當然的，畢竟兩者都是中文筆劃中的豎彎
勾演變而來，當然長得一樣。

■ レモン₁（remon）= lemon =檸檬
■ レジ₁（reji）= regi = cash register =收銀臺
■ レストラン₁（resutoran）= restaurant =餐廳
■ レディー₁（redeī）= lady =女士
■ レベル₁（reberu）= level =程度
■ レンズ₁（renzu）= lens =鏡頭

練習寫看看

le mon —	モン	re gi —	ジ
	re mo n		re ji
re staurant —	ストラン	la dy —	ディー
	re su to ra n		re deï
le vel —	ベル	le ns —	ンズ
	re be ru		re n zu

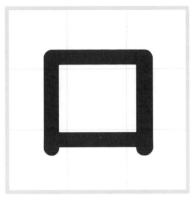

ろ

| ー ロ ロ

1. 朝 1
   <ruby>朝<rt>あさ</rt></ruby>
   asa

2. 風呂 1
   <ruby>風呂<rt>ふ　ろ</rt></ruby>
   fu ro

　　羅馬字為 ro，日文ろ＝ロ讀音和中文「樓」相近。臺灣人説人不像話時，會説是「阿撒不呂」，這個阿撒不呂其實是臺灣人自創的詞。以前日本人有早朝洗澡的習慣，將朝和風呂（洗澡）結合，稱作朝風呂，但在習慣晚上才洗澡的人眼中，早上洗澡的人生活規律古怪，因此引申為不像話的意思。

平假名的「ろ」

　　「ろ」來自中文字「呂」。雖然現在聽起來呂、ろ發音有些差異，但漢語以前的讀音中曾把呂唸作類似ろ的音哦。

■ 朝風呂<ruby>朝風呂<rt>あさぶろ</rt></ruby> 。(asaburo)

■ 老人<ruby>老人<rt>ろうじん</rt></ruby> 。(rōjin)

■ 浪人<ruby>浪人<rt>ろうにん</rt></ruby> 。(rōnin)

■ 蝋燭<ruby>蝋燭<rt>ろうそく</rt></ruby> ₃ (rōsoku)

應注意中文蠟的寫法和日文蝋<ruby>蝋<rt>ろう</rt></ruby>不同。

練習寫看看

朝風 呂 —	あさぶ	老 人 —	うじん
a sa bu ro		rô ji n	
浪 人 —	うにん	蝋 燭 —	うそく
rô ni n		rô so ku	

片假名的「ロ」

呂 ⋯⋯ 呂 ⋯⋯ ロ

片假名的ロ看起來就像一個口字。確實沒錯！這個ロ來自「呂」的上面的口。片假名是取用中文字的部分而來的書寫符號，因此雖然寫作ロ，唸起來卻一點也不像口，其實就是因為這個原因唷！實際上讀音和中文口相近的コ，也是來自「己」這個字的上半部呢！

▌ ロビー 1（robī）＝ lobby ＝酒店大廳

▌ ロッカー 1（rokkā）＝ locker ＝置物櫃、寄物櫃

練習寫看看

lo bby —	ビー	lo cker —	ッ カー
	ro　bī		ro　k　kā

charac
ter
44

| わ
' ワ

羅馬字為 wa，わ＝ワ是很常見的日文五十音。日文的第一人稱寫作私（わたし），讀音為 watashi。

另外，我們最熟悉的芥末「哇沙米」，其實也是來自日文的わさび（わさび）/ 山葵。

平假名的「わ」

わ來自中文和字的草書。字型和れ很像，れ是礼字，所以是往外勾；わ是和字，所以是向內彎（來自口字第二筆橫折，變成流線型的半圓）。和（わ）日文中就讀做わ，非常好記。

■ 和風₀（wafū）

■ 和服₀（wafuku）

1. 洋服₀
yō fuku

2. 着物₀
ki mono

3. 太物₀
futomono

4. 呉服₀
go fuku

　　日本傳統服裝稱為和服，與此相對的詞則是洋服。不過和服在日常口語中，不如另一個同義詞：着物來得常見。着物單看字面為「着る物」，就是穿著在身上之物的意思。在西洋服裝未傳入日本的年代，着物就是衣服的意思，只不過剛好所有的衣服都是和服，無一例外。

　　日本在江戶時代的末期，受到西洋文化衝擊，為了區別立體剪裁的西洋服飾和日本傳統服裝，才出現和服、洋服兩個專有名詞，而着物則和我們所認識的和服劃上等號。着物又可依材質分為太物（木棉、麻等粗布料製品）和呉服（絹絲綢緞製品），但當然了，在強調抗皺可機洗、便宜花樣多的快時尚風潮下，也有純化纖材質的着物，價位僅約為蠶絲製品的 1/10 甚至 1/100 ！

■ 和室₀（washitsu）

■ 和食₀（washoku）

■ 和紙₁（washi）

練習寫看看

| 和風 － | □ ふう | 和服 － | ふく |
| wa fū | | wa fu ku |

| 和室 － | しつ | 和食 － | しょく |
| wa shi tsu | | wa sho ku |

| 和紙 － | し |
| wa shi |

片假名的「ワ」

和……和……ワ

わ來自中文「和」字右半部口的第一、二筆。

▎ワイン₁（wain）＝ wine ＝葡萄酒

▎ワンピース₃（wanpīsu）
＝ one-piece ＝一件式洋裝

　　ワンピース是標準的和製英語。英文中連身裙一般稱為 dress，而非 one-piece。one-piece 本意是用一塊布料製成的服飾，而非專指連身裙。此外，知名漫畫《航海王》的日文原名也叫做ワンピース，翻譯是「一個大祕寶」，其實就是 a piece of cake 的那個「一塊」而已，這個命名和洋裝一點關係也沒有！

■ ワイファイ。(waifuai) = Wi-Fi

練習寫看看

wine — イン
wa　i　n

Wi-Fi — イファイ
wa　i　fu　a　i

one piece — ンピース
wa　n　pī　su

深探究竟：
千變萬化的「我」（日語第一人稱懶人包）

　　日文的「我」其實不只一個「私」。男女老幼尊卑地位皆有不同的「我」，同一個人在不同場合說話時也會選用不同的「我」來表達意見。

如果你不弄懂這些「我」有什麼差異，那就算你讀的是日文原著，也無法讀到箇中三昧。來吧！一次學會這些「我」背後蘊含的意義！

QR code!
http://bit.ly/2kz2DgK

お
段

わ行

ー 大 を

ー ニ ヲ

　　羅馬字寫作 wo 或 o，但を的讀音不是 wo，而是讀作 o（喔）的音，和另一個五十音お讀音完全相同。大多數的同音異形的五十音都在二戰後刪除了，唯獨を和お兩個同音的五十音，獨獨被保留下來。

　　を是一個非常特別的五十音，在奈良時代（西元 710 年至西元 794 年）時，日語中還有 wo 這個獨立的發音，也就是を、お兩字發音曾經是不同的。但隨時間演變，wo 的音消失，を和お兩者便逐漸混用，可以看到許多以往以を組成的詞，都被替換成お。到了今日，因為單字、詞彙中的を大多已習慣用お替代，常用單字中を的身影已經完全消失。但也並非徹底不存在含有を的單字，只不過を的單字變得非常罕見，且多為歷史專有名詞。

　　雖然在單字的組成中缺席，を卻是幾乎每個句子中，都會用到的重要格助詞。

█ 格助詞的を

　　を最常用來表現動作的對象，也能昭示移動動作的起點，還可以表示動作的路徑。說他是前十大一定要學會的五十音也不誇張。以下我們就一個一個來說明を的用法：

●を最常用來表現動作的對象

　　住を前面的是を後面動詞的受詞，例如：

1. <ruby>地図<rt>ち ず</rt></ruby>を<ruby>見<rt>み</rt></ruby>る。　（看地圖）

　　<ruby>地図<rt>ち ず</rt></ruby>を<ruby>見<rt>み</rt></ruby>る，因此看這個動作的對象是地圖，地圖被看，不是招牌或是路邊的美女被看，是地圖被看。再舉個例子：

2. お<ruby>父<rt>とう</rt></ruby>さんが<ruby>家<rt>いえ</rt></ruby>を<ruby>掃除<rt>そうじ</rt></ruby>する。（爸爸打掃家裡）

　　上面這個句子中，總共有兩個名詞：爸爸和家。我們即便不懂助詞を跟が，基於常理判斷，也猜得出是爸爸打掃家裡，而不是房子打掃爸爸。事實上，確實在這個例句中，爸爸お<ruby>父<rt>とう</rt></ruby>さん就是做動作的主角，而打掃這個動作的對象是自己家。

1.<ruby>地図<rt>chi zu</rt></ruby> 1

2.<ruby>掃除<rt>sō ji</rt></ruby> 0

但有的時候，卻無法這樣妄下斷言，必須靠助詞を跟が來幫助我們判斷誰是動作的主角、誰是動作的對象。例如下面這個例句。

お父さんが息子を叱る。（爸爸罵兒子）

上面這個句子中，一樣總共有兩個名詞：爸爸和兒子。那麼罵的這個動作的對象是誰？這時就要從を前面是哪個名詞來判斷。息子放在を前面，因此被罵的是兒子。因為日文並不是直接接在動詞前面的就是動作的對象，靠を判斷動作的受詞就非常重要。

例如，「お母さんを叱る」、「息子が叱る」這兩句，究竟誰是罵人的，誰是被罵的？你只能靠助詞來分辨。お母さんを明白告訴我們，媽媽是叱る這動作的對象，因此媽媽是被罵的；息子が則提示了兒子是做動作的主角，因此兒子是罵人的。真是個逆子。

●昭示移動動作的起點

例如：家を出る（離開家）。出る這個動作是一個必定有起點的動詞，而家是動作主角原本身處的地方，就是他要離開的標的物，也可以當作是他這個出る離開動作的對象物件。因此用家を出る來表示離開家這個行為。

1. 電車 0
den sha

2. 降りる 2
o ri ru

另外像是<u>電車を降りる</u>（從電車下車），也是同樣的概念，下車不可能是憑空下車，因此下車這個動作是從哪裡發生呢？是を這個助詞前面的電車，以電車為起點，才有可能出現下車這個事件。

●表示動作的路徑

3. 橋 2
hashi

4. 渡る 0
wata ru

5. 空 1
sora

6. 飛ぶ 0
to bu

例如：<u>橋を渡る</u>（過橋）。動作主角所走（渡る）的路徑是橋，如果用中文直譯，差不多可説是「把橋給走了」……如果你這樣比較能接受這種説法，那就這樣記吧。有什麼不可呢？再舉個例子，<u>空を飛ぶ</u>（在天上飛）意思是某人飛起來了，而他飛的範圍是天空。

好了，以上總共解釋了三種を的用法。如果你感到有些資訊過剩、記不住，那就把剛剛看過的內容全忘了吧。你只要記得這件事：「を前面就是動作的受詞，看到を就把を前面的詞放到動詞後面，再讀一次」，就可以將大多數用到的を句子猜得八九不離十。例如：

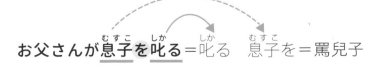

お父さんが息子を叱る＝叱る　息子を＝罵兒子

地図を見る＝見る　地図を＝看地圖

電車を降りる＝降りる　電車を＝下電車

橋を渡る＝渡る　橋を＝渡橋

你看吧，果然簡單。一次就會了吧！

平假名的「を」

を來自中文字「遠」的草書。

由於前述的理由，を的單字已由お全面取代，過往曾用を表現的單字，現今早已改使用お，已經算不上是真正的を的單字了。❸既然 99.99% 的を都是當助詞用，那麼與其去想有什麼單字裡有用到を，不如好好熟練を的助詞用法。

❸例如：

青：あを→あお。
女：をんな→おんな；
鰹：かつを→かつお。

▍地図を見る（chizu wo miru）

▍電車を降りる（densha wo oriru）

▍橋を渡る（hashi wo wataru）

地図 □ 見る
chi zu wo mi ru

電車 □ 降りる
den sha wo o ri ru

橋 □ 渡る
hashi wo wata ru

片假名的「ヲ」

　　ヲ來自中文字「乎」中的頭三劃。你在哪裡可以看到ヲ這個字呢？幾乎在哪裡都看不到，所以記不起來也不會出什麼大事情。

　　甚至連 wo 這個發音的外來語，也不用ヲ來書寫，而是採用ウォ的寫法為主流。你想問為什麼ヲ這麼無用武之地？就跟你說過了，ヲ在今日只當作助詞使用，因此不使用ヲ，才是合理的呀！

■ ウォッチ$_1$（uotchi）＝ watch ＝手表
■ ウォシュレット$_1$（uoshuretto）＝ washlet
　＝ wash toilet ＝免治馬桶座

charac
ter
46

ん

、ン

1.**撥音** 2
はつおん
hatsuon

　　羅馬字寫作 n。ん＝ン是五十音裡另一個特例，他的讀音不帶あいうえお任何一個母音，而是單純的「n」（跟沈思的人所發出的：「嗯……」相似），在日語中ん稱為鼻音，也叫撥音。
1.はつおん

　　因為沒有母音的關係，除非當作狀聲詞用，否則ん絕不會單獨存在，而必定是接在其他的五十音後面，增添鼻音的效果。

平假名的「ん」

　　ん來自中文「无」字，无通無，正適合ん這個無母音的字。用了ん的漢字很多和臺語發音非常相近，以下舉的五個例子都符合這個條件。

▌ 安 1（あん）

▌ 院 1（いん）

▌ 運 1（うん）

▌ 縁 1（えん）

▌ 恩 1（おん）

練 習 寫 看 看

安 － あ		院 － い		運 － う	
a	n	i	n	u	n

縁 － え		恩 － お	
e	n	o	n

片假名的「ン」

ン這個五十音來自中文尔，通爾。通常用在外來語中，扮演 n 的角色。

▌ カン 0（kan）＝ can ＝罐頭

▌ チキン 1（chikin）＝ chicken ＝雞肉

練 習 寫 看 看

ca n － カ		chicke n － チキ	
ka	n	chi ki	n

神遊日本

試著閱讀生活中的日文吧

03

　　大部分的學生都能在初學日文的最短時間內，強記五十音的讀音及寫法；但接下來有辦法「繼續記得」，不讓五十音付之流水的人，才能真正進入日文的世界。你已經了解基本的日文五十音書寫方式和用法，但接下來才是你會快速全忘光，還是能徹底學會、靈活運用五十音的關鍵！

　　雖然你還對日文五十音感到生疏，不過從本章開始，請好好觀察我在日本實地取材拍攝的照片，跟著我的解說，一邊像尋寶般發現隱藏在生活中的日文線索，一邊摸索、探究日本文化的有趣之處——那麼你不只能徹底將五十音納入囊中，連日文能力都能得到意想不到的大進展！

おもてさんどう
1. **表 参道** 4
omote san dō

下圖：表参道是明治神宮前的主要通道，也是代表日本的街頭景緻，經常出現在雜誌中。世界各地的名品店在此林立，因此也被稱作東方的香榭麗舍大道。

1.

在電視、雜誌上看到的日本，總是光鮮亮麗，看起來物價高，生活品質又好，但真的是這樣嗎？本章帶你解密日本庶民美食，一起用你剛學會的五十音，來看看日本的美食究竟和你以為的有什麼不同，又有什麼相同之處吧！

庶民熱愛的 B 級美食

平易近人的價格＋超乎期待的美味！如果有什麼料理可以一次滿足這兩個條件，那麼即使用的食材都是些普通玩意兒，且沒有豪華裝潢、周到服務，還是一樣讓人願意每天吃而樂此不疲！日本人將這樣的料理稱為「B 級グルメ❶」。

頂級美食當然是米其林一二三星料理，或是動輒數萬日圓，運用珍稀食材、獨到調理手法，聘請名廚監督的豪華盛宴。懷石料理、フランス料理等頂級美食雖然讓人嚮往，但也有許多不便，例如價格高不可攀，用餐時還要盛裝打扮、吃相優雅，吃一餐得花上幾小時！簡單説，就是跟庶民生活脫節，偶爾為之可以，天天吃卻未免有點辛苦。

和豪華的会席料理❷或時尚的分子料理相比之下，

❶グルメ語源來自法語 Gourmet，美食家的意思。

1. B 級グルメ 5
   B kyū gu ru me

2. 懷石料理 5
   かいせきりょうり
   kaiseki ryō ri

3. フランス料理 5
   りょうり
   fu ran su ryō ri

4. 会席料理 5
   かいせきりょうり
   kai seki ryō ri

❷ 会席料理就是宴會餐，菜色豐富且佐以餐酒，求賓主盡歡。懷石料理原是茶道中，避免來客因空腹飲茶致傷胃，而準備的輕食，因以品茶為目的，故席間無酒，菜色以樸素的一汁三菜為度。会席料理、懷石料理發音相同，現代這兩詞多見混用，實已大同小異，而真正茶道的懷石，現在則稱茶懷石。

❸ 唐揚げ單獨使用時代表炸雞肉塊，和其他食材的名字連用時，則是炸○○的意思。

❹ 臺灣人說的天婦羅，通常指的是炸魚漿。在日本，會把炸魚漿稱為天婦羅的，只有日本殖民時代統治臺灣的九州人。臺灣因為歷史的淵源，繼承了九州人的說法，因此把炸魚漿叫做天婦羅，諧音甜不辣了。

1. そば 1
so ba

2. お好み焼き 0
o konomi ya ki

3. オムライス 3
o mu ra i su

4. 焼きそば 0
ya ki so ba

5. 唐揚げ 0, 4
kara a ge

6. カレーライス 4
ka rē ra i su

7. フライ 0, 2
fu ra i

B 級グルメ的地位相當於臺灣的小吃，可以當一餐，也可以當點心，重點是它沒有固定的規範，每間店都有自己獨特的口味。蕎麥麵そば、拉麵ラーメン、大阪燒お好み焼き、蛋包飯オムライス、炒麵焼きそば、炸雞唐揚げ❸、咖哩飯カレーライス……運用日常食材、價格便宜、快速美味，即使天天吃也不膩的 B 級グルメ，反而徹底深入庶民生活。

▌油炸料理龍鳳胎：天婦羅、洋食炸物

天婦羅❹、洋食炸物的フライ，雖然成為日本的代表美食，但其實這兩樣都算是外來食物，因西方文化進入日本才誕生。兩者共同特色在於炸得酥脆的外衣，以及熱燙多汁的各式新鮮食材。那麼，到底有什麼不一樣呢？

天婦羅料理傳入日本已將近 400 年，至今日本人視其為和食，甚至有些人已不知道天婦羅的起源是外

1.小麦粉 3
　ko mugi ko

2.ごま油 2
　go ma abura

來食物。關東風的天婦羅一般先以食材沾裹含有蛋汁的小麦粉（麵粉）後，再用 180～190 度的ごま油（芝麻油）炸透，以達到麵衣薄、口感鬆脆的效果。

上圖：天婦羅料理只選用當季新鮮素材，例如最具代表性的蝦子、穴子魚，以及清爽的時蔬如茄子、南瓜等。

<ruby>天婦羅丼<rt>て ん ぷ ら ど ん ぶ り</rt></ruby>
3. **天婦羅丼** 0
ten pu ra donburi

上圖：<ruby>天婦羅 丼<rt>て ん ぷ ら ど ん ぶ り</rt></ruby> 是將炸得熱燙的天婦羅放在白
3.
飯上，淋上醬汁即可享用的庶民料理。

上四圖：飯店自助餐內現炸<ruby>天婦羅<rt>て ん ぷ ら</rt></ruby>的景象。

好吃的天婦羅相當講究廚師功力，因為每塊食材大小、水分含量不可能相同，炸的時間究竟要多久，需要仰賴廚師的經驗與現場判斷。廚師會依筷子尖端傳來的手感、食材在鍋中冒泡、翻滾的樣態、酥炸的聲音，以秒為單位來決定每一塊食材的起鍋時刻。如果在頂級天婦羅店，廚師通常會一對一服務，現場炸好客人立刻入口，以確保美味不打折，用餐模式跟高級壽司店一樣。

Ｂ級グルメ等級的天丼[1]、天婦羅定食[2]則簡單又便宜，雖然口感和一塊一塊現炸現吃差了一大截，卻也讓人非常滿足。日本連鎖企業「天丼てんや」甚至開發一種專門炸天婦羅的機器，用斜坡式的輸送帶將食材運送到油鍋裡，再自動起鍋。這樣的製作方式，每一塊天婦羅食材浸泡滾熱炸油的時間完全相同，因此只要事前計算好油炸的標準時間，並且讓食材外型重量維持統一尺寸，徹底規格化，就能夠在完全不需要人工判斷起鍋時機的情況下，炸出符合大眾期待的平價天婦羅。雖然口味和高級天婦羅終歸不能比，但是價格便宜、用餐環境輕鬆，因此還是很受歡迎。

到了明治開化時期，西洋風潮在日本大行其道，洋食[3]一詞因此誕生。洋食專指近代日本結合西洋食

---

1. てんどん
   天丼 0
   tendon

2. ていしょく
   定食 0
   tei shoku

3. ようしょく
   洋食 0
   yōshoku

4. **デミグラスソース** 6
   de mi gu ra su sō su

5. **デミソース** 3
   de mi sō su

6. **ハヤシライス** 4
   ha ya shi ra i su

7. **オムレツ** 0
   o mu re tsu

8. **ハンバーグ** 3
   ha n bā gu

❺ 即法式料理中的 Demi-glace 醬汁。用來煮牛肉片就成ハヤシライス。

材和料理手法，創造出來的新式料理。例如以法式多蜜醬汁デミグラスソース❺（亦簡稱デミソース）為基底，就衍生出牛肉燴飯ハヤシライス、蛋包飯オムレツ、漢堡肉排ハンバーグ（下圖）等多種極具代表性的日式洋食。

上圖：京都洋食屋レストラン亜樹（あき）。特製デミソース相當美味，店門口常有排隊人潮。

左圖：東京洋食屋三福亭（さんぷくてい）。「おすすめ No.1 ハンバーグ定食」即「推薦 No.1 漢堡排定食」，我之前實際品嚐過，確實相當美味。日文おすすめ就是推薦的意思，是在日本隨處可見的勸敗詞彙，第一次去的店從おすすめ開始嘗試，會是不錯的選擇。

上圖：ハンバーグ定食。通常以牛豬絞肉混合洋蔥為主體製作，再淋上デミソース享用。

　　麵包也在明治時代開始風行——在食材上沾裹麵包粉パン粉後高溫油炸，口感酥脆的全新型態炸物フライ於是在日本流行。フライ料理和天婦羅看似相像，但卻有完全不同的性格。用パン粉當酥炸麵衣的關係，フライ比天婦羅酥脆得多，但也油膩得多。因此，フライ通常沾口味酸甜微辣的西式醬汁とんかつソース、中濃ソース食用。這兩種醬汁是以英國伍斯塔醬汁（Worcestershire sauce）ウスターソース為基底，調高醬汁濃度及水果含量，製作出水分含量少，相當黏稠的とんかつソース，及濃度介於兩者間的

中濃ソース。とんかつソース因為含水量較低，可以
保留フライ酥脆口感，不會一下子就將麵衣潤溼，破
壞口感。フライ也有人沾美乃滋マヨネーズ享用，天
婦羅則多是搭配調味過的醬油食用。

1. マヨネーズ 3
ma yo nē zu

2. 醤油 0
shō yu

3. アジフライ 3
a ji fu ra i

4. エビフライ 3
e bi fu ra i

5. トンカツ 0
to n ka tsu

6. とんかつソース 5
to n ka tsu sō su

7. ウスターソース 5
u su tā sō su

上圖：左起炸竹莢魚アジフライ、炸蝦エビフライ、
炸豬排トンカツ。

左圖左起：
中濃ソース、
とんかつソース、
ウスターソース。

上圖：藏身東京上野巷內的とんかつ好店。暖簾
上寫的就是店名とんかつ山家<ruby>山家<rt>やまべ</rt></ruby>。とんかつ即炸豬排。
門口立牌則是招牌料理ロース<ruby>定食<rt>ていしょく</rt></ruby>かつ定食，即里肌肉炸
豬排套餐（如下圖）。

1. **ロース** 1
　　rō　　su

上圖左：とんかつ山家店內的模樣。

上圖右：用棒球球隊的名字來命名定食，在各隊
伍獲勝的隔天，以其命名的定食就會做優惠。

QR code!

とん太
(Google Map)
https://goo.gl/maps/
FD9oQY1XFYwm7g3WA

上圖：大阪京橋地區的炸豬排店とん太，豬排肉
厚多汁，炸蝦很大隻且炸功一流。

上圖：勝博殿這家臺灣人很熟悉的日式炸豬排店，在日本名字叫新宿さぼてん，通常是在街角或是商店街弄個攤位或小店面，賣些讓人外帶的現成炸物。

▌黑輪おでん

與炸物的天婦羅截然不同，在臺灣説到天婦羅，許多人想到的是被訛為天婦羅／甜不辣的関東炊き（關東煮）。一開始関東炊き之所以叫做関東炊き，是因為日本各地湯頭各有特色風情，因此以関東風湯頭燉煮的おでん，就稱為関東炊き，而関東炊き的真正名

1. しんじゅく
新宿 0
shin juku

2. かんとう だ
関東炊き 0
kan tō da ki

3. かんとうふう
関東風 0
kan tō fū

4. **おでん** 2
o de n

稱則是おでん，也就是我們說的「黑輪」。

おでん是由傳統料理田楽（でんがく）演變而來。原本田楽要
先用竹籤穿過豆腐（とうふ）、茄子（なす）、蒟蒻（こんにゃく）、里芋（さといも）等食材，再加
以烤製，最後塗上味噌（みそ）享用；江戸時代（えどじだい）時醬油（しょうゆ）產量大
增，開始有人將田楽（でんがく）的食材丟到以柴魚和醬油（しょうゆ）為底的
高湯中燉煮，便發展出溫暖人心的おでん料理。

1. 田楽（でんがく）0
dengaku

2. 豆腐（とうふ）0
tō fu

3. 茄子（なす）1
na su

4. 蒟蒻（こんにゃく）3
konnyaku

5. 里芋（さといも）0
satoimo

6. 浅草（あさくさ）0
asakusa

7. 東京大学（とうきょうだいがく）5
tō kyō dai gaku

左圖：東京おで
ん老店以浅草（あさくさ）區域最
為集中。呑喜則是在
東京大学（とうきょうだいがく）前屹立 128
年，餵養過無數文豪的
おでん名店。

上圖：吞喜這種二戰前就存在的百年老店是用最傳統的大口圓鍋燉煮。現在看到的おでん則是因為戰後各項資源不足，因此改用省空間、省高湯又省鐵料的四角鍋燉煮，形成習慣後便沿用至今。

左圖：店內的眾多感 謝 狀之一。大意為「貴店自明治中葉起，於本鄉地區掛上暖簾以來，就快到達一世紀之久，對本會會員一貫提供便宜而豐富的美味食物，對我們提振士氣、練成身心實在助益良多。」

❻日本有另一種真用
茶湯煮飯的料理，以
奈良茶飯（なら ちゃめし）為最著名。
除了茶湯之外，也會
加入昆布、日式高湯、
黃豆、紅豆、酒、鹽
等，增添風味。

QR code!

奈良茶飯 食譜
https://www.jidaigeki.com/
original/201302_ryouri/
recipe/No01_02.html

1. 感謝状（かんしゃじょう）0
   kan sha jō

2. 貴店（きてん）1, 2
   ki ten

3. 明治（めいじ）1
   mei ji

4. 暖簾（のれん）0
   no ren

5. 一世紀（いっせいき）3
   i s sei ki

6. 茶飯（ちゃめし）0
   chameshi

7. 出汁（だし）2
   da shi

8. 殖民時代（しょくみんじだい）5
   shokumin ji dai

茶飯

　　茶飯（ちゃめし）並非用茶煮成的飯食。在洗好的白米中加入日本醬油（しょうゆ）和日式高湯出汁（だし）再煮飯，煮出來的飯就有高湯清香、醬油的鹹香，及略微甘甜味。因為染上醬色，飯呈現茶色，所以便稱為茶飯（ちゃめし）。❻

　　茶飯（ちゃめし）是おでん的最佳拍檔，有一説是煮おでん用剩的出汁（だし）實在太多了，於是就拿來煮飯因而得到茶飯（ちゃめし）這道新料理。跟海南雞飯簡直異曲同工之妙。另一説則是おでん的風味和單純的白飯不搭，因此用出汁（だし）煮飯，讓飯和配著吃的おでん兩者更能融合。為什麼茶飯（ちゃめし）是おでん的最佳拍檔已不可考，但總之賣おでん的地方總是會看到茶飯（ちゃめし）。

　　吞喜的おでん保留明治（のんき）時代的風味，非常出名之外，店內與おでん同樣有名的還有這道茶飯（ちゃめし）。雖然 2015 年 12 月，因八十幾歲的第四代店主過世，吞喜走入了歷史，其經典おでん口味只剩追憶，但吞喜經典的茶飯（ちゃめし）卻跨越時空，出現在臺灣臺南矮仔成蝦仁飯。

　　據聞矮仔成蝦仁飯創辦人葉成曾學藝於日本殖民時代（しょくみんじだい）的日本餐廳明月樓，也因此臺南矮仔成的蝦

仁飯和東京老店吞喜的茶飯[ちゃめし]極度相似。矮仔成的蝦仁飯應是臺灣目前所能找到真實保留百年前日本茶飯[ちゃめし]口味的少數餐廳之一，頗值得一試。

▌平價壽司

すし，寿司[すし]是日本料理中一項經典。但寿司[すし]其實分類多元，如握壽司握り寿司[にぎりずし]、豆皮壽司いなり寿司[ずし]、壽司卷巻き寿司[まきずし]、壓壽司押し寿司[おずし]等等，基本上醋飯上放生魚，甚至不放魚放其他材料的，也算是廣義的壽司，變化多端。

我們最熟悉的當然還是所謂握り寿司[にぎりずし]，因為在江戸[えど]流行，因此也稱為江戸前寿司[えどまえずし]。人們將生魚、蝦等食材稱為「ネタ」，ネタ下的小壽司飯球稱為「舎利[しゃり]」。好的しゃり必須鬆而不散，用筷子夾食時不掉飯粒。関西風[かんさいふう]的代表則是壓壽司押し寿司[おずし]，先將料放在木箱底層，上面鋪醋飯，再加蓋將飯壓實，取出來切成好入口的小段食用。關東關西做法不同外，口味也不同。關東用電風扇吹醋飯[すめし]，讓酸味發散並快速降溫，以免醋飯過酸；關西則會用加入昆布[こんぶ]的出汁[だし]煮壽司飯，並且在醋飯[すめし]裡放較多的糖，慢慢冷卻，因

1. 握り寿司[にぎりずし] 3, 4
ni gi ri zu shi

2. いなり寿司[ずし] 3
i na ri zu shi

3. 巻き寿司[ずし] 0, 3
ma ki zu shi

4. 押し寿司[ずし] 0, 3
o shi zu shi

5. 江戸前寿司[えどまえずし] 4
e do mae zu shi

6. ネタ 0
ne ta

7. 舎利[しゃり] 1
sha ri

8. 関西風[かんさいふう] 0
kan sai fū

9. 醋飯[すめし] 0
sumeshi

10. 昆布[こんぶ] 1
kon bu

すしなお
鮓直

QR code!

鮓直 (Google Map)
https://g.co/kgs/QsDGJq

すめし
此醋飯非常入味。

　　上圖：大阪巷弄內的街景。照片左側是江戶時代
えどじだい
すしなお
老店鮓直，以傳統手法大灶燒柴炊飯，並採用每日嚴
選高級鯖魚，口味堪稱一絕。因地點神祕，只有真正
的饕客才知道此店。

かいてんずし
1.回転寿司 3
kai ten zu shi

　　庶民之友回転寿司以盤計價，通常每盤上有兩至
かいてんずし
すし　　すし　　かん
三貫寿司（寿司以貫為單位計算），想吃什麼就拿什
すし
麼；祕訣是直接單點，就能拿到新鮮現做的寿司。雖
かいてん
然網路上有時會見到一些誇張的評論，說哪家回転

寿司好吃到爆炸，但真要説回転寿司能有多驚世美味，那是不可能的。回転寿司的價位擺在那邊，可想像扣除人力成本、店租後，能花在食材和料理上的成本就那麼多。回転寿司的真正優勢在於超高的性價比

1. コスパ 0
ko su pa

コスパ——相同的東西在某些店家，可能需要兩倍價格才吃得到，在這一點上來説，回転寿司仍是超棒 B級グルメ。

上圖：回し鮨若貴池袋サンシャイン 60 通り店。

2. 回し鮨
mawashizushi

回し鮨是迴轉壽司的另一種説法。關東人將すし寫作

3. 皿 0
sara

鮨，關西則習慣寫作鮓。招牌上第二行後半 1 皿 130

4. より 0
yo ri

円より的「より」表示是「從 130 日圓起跳」的意思。

如果預算多些，要在傳統的江戸前寿司店用餐，

1. お決まり 0
   o ki ma ri

2. お任せ 0
   o maka se

3. お好み 0
   o kono mi

4. セット 1
   se t to

5. 松 1
   matsu

6. 竹 0
   take

7. 梅 0
   ume

8. 特上 0
   toku jō

9. 海の幸 1
   umi no sachi

10. ランチタイム 4
    ra n chi ta i mu

❼即 lunch time。

則一般來說可分三種模式：既定套餐的お決まり、任由店長安排的お任せ、依喜好單點的お好み。

　　お決まり意思是「決定好了」，也稱為セット（set），通常有八到十二貫，店家會取個套餐的名字，比如傳統派的松、竹、梅、特上、海の幸等等，或是一些調皮有創意的名字。一般來說價位從 1000 日圓到 6000 日圓左右，越平價的セット裡面，ネタ就越便宜，不過便宜不代表不好，對喜歡吃花枝之類的人而言，這種套餐非常實惠。而且雖說是お決まり，但如果セット中真的有某一項是不敢吃或過敏的品項，其實大多數店家都會願意替顧客換成其他口味。

　　許多壽司店，也提供午餐時段ランチタイム❼專屬的特惠套餐，甚至夜裡吃一餐要上萬元的店家，也會在ランチタイム將價位降低，一方面能吸引新客人上門光顧，另一方面可以提高食材流動率，有助維持高品質。

上圖：價位 4000 日圓的セット，寿司（すし）的基本班底都到齊了。右上第二個是這個セット中唯一的貝類ホタテ，因為貝類特別容易生菌，因此較有健康意識的日本人習慣夏季不點貝類，以策安全。

1. **ホタテ** 0
　 ho ta te

任由店長安排的「無菜單」吃法稱為お任（まか）せ，意思是「交給你了」，顧名思義，任由店家依照當日進貨的漁獲安排上菜單，這種吃法在日本由來已久，可以嚐到餐廳老闆最自信的料理。但お任（まか）せ也有其風險，最好先告訴店家自己的預算，以免老闆力求表現、精銳盡出，結果結帳時貴得嚇死人。如果是在銀座（ぎんざ）高級店裡，一餐吃下來要價二、三萬日圓也是尋常事。

依喜好單點稱為お好（この）み。寿司（すし）是講究季節漁獲的料理，每一季真正美味的魚種都不一樣，因此內行的

饕客對春夏秋冬各季都有偏好的ネタ，也知道自己不想吃的是什麼。如果吃得很有心得了，用お好み的方式單點，雖然單價會比前兩種高，但完全不用吃到自己不想吃的口味，因此每一分錢都花在刀口上，未必比較不划算。

嘗試新店家時，可先由便宜的セット先探探虛實，了解店家用料等級和價位；如果覺得還不錯，下次去再選お任せ看看店家最自傲的寿司是什麼，感覺很不錯，想去第三次時，已經有前兩次經驗，知道自己喜歡該店哪些種類的寿司了，再用お好み單點的方式點菜。用這個循序漸進的方式，就不怕花大錢踩地雷。

▌食堂

大衆食堂指的是提供便宜餐點，讓出門在外的
[1.]
人也能填飽肚子的飲食店。這種裝潢、服務、餐點等
[2.]
級還攀不上餐廳一詞，卻在日本大街小巷林立的飲食
店，起源於江戶時代初期。
[てん]

原本江戸是沒有供人外食的飲食店的。在一場
[えど]
明暦の大火（1657 年）後，江戸極需重建，各地湧
[3.]
入單身男性，以及隻身一人到江戸奉公的武士，外食
[4.]

1. **大衆食堂** 5
   tai shū shokudō
2. **飲食店** 4
   in shoku ten
3. **明暦の大火** 6
   mei reki no tai ka
4. **外食** 0
   gai shoku

❽此為料理屋與飲食店合計的數字。料理屋為包含居酒屋、料亭等，結合餐飲和娛樂的場所；飲食店則為專為吃飯喝酒，滿足口腹之慾而存在的場所。

QR code!

外食の歷史
https://navi.ndl.go.jp/
kaleido/tmp/145.pdf

需求暴增，賣食物的攤販隨之應運而生。目前所知，浅草的奈良茶飯是日本外食的鼻祖。後來各式各樣的攤販、小店如雨後春筍誕生，外食類型越來越多；進入明治時期後，中華料理和洋食也加入戰局。根據日本国立国会図書館東京本館第 145 回常設展示「外食」の歷史的資料，明治三十年時，東京已有合計 4946 家經營餐飲的店家❽，發展蓬勃。

上圖：京都寺子屋，主要的供應定食形式的套餐，

除可稱為食堂（しょくどう），也可稱作定食屋（ていしょくや）。

左圖：寺子屋（てらこや）用餐時刻的內部樣子。食堂大部分料理如親子丼（おやこどん）（主菜為雞肉加雞蛋）我們並不陌生，但也有些有趣的名字，例如他人丼（たにんどん），指的是主菜為牛肉加雞蛋的組合。雞和雞蛋是一家人，牛則屬於別人家的，因此命名。

1. 親子丼（おやこどん）0
oya ko don

2. 他人丼（たにんどん）0
ta nin don

3. 手造り和惣菜（てづくり わそうざい）6
te zuku ri wa sō zai

上兩張圖：寺子屋（てらこや）牆上的看板：手造り和惣菜（てづく わそうざい），手作日式小菜的意思。店內空間不大的關係，食堂的客人常可直接看到老闆在廚房手作料理的身影。

しょくどう
食堂餐點都是簡單的家常菜，但像寺子屋這種厲害的店，分量足味道好，讓人每天吃連續一個月也不厭煩。大衆食堂大抵皆是如此，雖然不是什麼稀罕食材、獨特料理技法，但是家常菜帶來的溫暖和親切感無可取代。

左圖：非市中心的食堂外通常有停車場，讓開車來的客人或計程車駕駛等不同職業的人，都能方便用餐。

▌ お食事処

1. <ruby>停車場<rt>ていしゃじょう</rt></ruby> 0
   te i sha jō

2. <ruby>お食事処<rt>しょくじどころ</rt></ruby>
   o shoku ji dokoro

3. <ruby>お食事<rt>しょくじ</rt></ruby> 0
   o shoku ji

　　お食事処 其實就是食堂，兩種說法都有人用。お食事処 通常菜單選項多，內部只有很簡單的陳設，喝水想續杯還要自己來，總之就是「吃粗飽」。不同地區的お食事処，會融入當地物產特色，創造具有地方色彩的菜單。甚或在食堂內順道販賣當地土特產，供來往過客選購。

　　上兩張圖：伊東海岸線上某食堂的招牌，寫著「お食事」。

上圖：「<ruby>毎朝<rt>まいあさ</rt></ruby>、<ruby>網代港<rt>あじろこう</rt></ruby>から<ruby>仕入<rt>しいれ</rt></ruby>。<ruby>伊豆近海<rt>いずきんかい</rt></ruby>から、<ruby>漁獲<rt>ぎょかく</rt></ruby>された<ruby>地魚<rt>じざかな</rt></ruby>を<ruby>是非<rt>ぜひ</rt></ruby>、ご<ruby>賞味<rt>しょうみ</rt></ruby>ください。」意思是「每天早上由網代港進貨。因為（本店）就在伊豆的海邊，這些當地的魚貨請您一定要品嚐看看。」

1. <ruby>毎朝<rt>まいあさ</rt></ruby> 0
mai asa

2. <ruby>網代港<rt>あじろこう</rt></ruby> 0
a ji ro kō

3. <ruby>仕入<rt>しいれ</rt></ruby> 0
shi i re

4. <ruby>伊豆近海<rt>いずきんかい</rt></ruby>
i zu kin kai

5. <ruby>漁獲<rt>ぎょかく</rt></ruby> 0
gyokaku

6. <ruby>地魚<rt>じざかな</rt></ruby> 2
jizakana

7. <ruby>是非<rt>ぜひ</rt></ruby> 1
ze hi

8. ご<ruby>賞味<rt>しょうみ</rt></ruby> 2
go shō mi

<ruby>網代<rt>あじろ</rt></ruby>：静岡県熱海市網代湾地區，以優質鯖魚、沙丁魚等水產品著稱。

<ruby>仕入<rt>しいれ</rt></ruby>：進貨

<ruby>地魚<rt>じざかな</rt></ruby>：當地的特色漁產之意。

<ruby>是非<rt>ぜひ</rt></ruby>：一定要、務必。

左圖：海港邊的お食事処（しょくじどころ）內，設有販賣土產的看板。右起為わさびのり（山葵海苔）、かつお酒盗（鰹魚酒盗）、岩のり（紫菜）、かつお塩辛（鰹魚塩辛）、あおのり（海苔）。

1. わさびのり
wa sa bi no ri

2. かつお酒盗（しゅとう）
ka tsu o shu tō

3. 岩（いわ）のり 2
i wa no ri

4. かつお塩辛（しおから）
ka tsu o shiokara

5. あおのり 0, 2
a o no ri

6. イカの塩辛（しおから）
i ka no shiokara

7. 発酵食品（はっこうしょくひん） 5
ha k kō shokuhin

酒盗是魚內臟加鹽、酒等醃製一個半月以上製作而成的發酵食品，最常用鰹魚製作；塩辛（しおから）和酒盗（しゅとう）類似，但會加入內臟以外的部分，例如魚卵、魚肉等，常見的是イカの塩辛（しおから）（烏賊塩辛）。兩者都是內臟的発酵食品（はっこうしょくひん），有濃烈的獨特腥味，其中酒盗（しゅとう）發酵時間長味道更濃郁而受日本人喜愛，拿來當配酒的小菜時酒減少的速度太快，就像被人偷喝了一樣，因而有酒盗（しゅとう）之名。

▌ 拉麵

1. 滋賀県彦根市
   shi ga ken hikone shi

2. 近江 1
   ō mi

3. ちゃんぽん 1
   cha n po n

　　一説拉麵，你是不是直覺想到這是日本料理呢？日本人和你正好相反，對日本人來説，拉麵是放在中華料理的類別中！拉麵的起源是中國的擔擔麵，因此放在中華料理、中華麵的類別裡，合情合理。

　　左圖：雞湯拉麵。

　　日本至少有 100 種拉麵，各地有自己的特色，不變的大概就是拉麵總是高鹽分、偏油膩，還有拉麵店總是小又擠。

　　左圖：滋賀県彦根市內的一家拉麵店。らーめん本気的店門口的白燈籠上寫著「近江ちゃんぽん」，ちゃんぽん是什錦麵的意思，起源於長崎地區訪日的清朝留學生們填肚子用的福建什錦麵。

1.あんかけ。
a n ka ke

左圖上：あんかけちゃんぽん。あんかけ指勾芡的意思，有別於一般對於拉麵的印象，あんかけちゃんぽん是羹麵，口味與其説像日式拉麵，真的和平常我們吃慣的臺式什錦麵更相近，但在日本當然也算在拉麵這個大類別之中。

左圖中：拉麵店販賣的乾拌麵。

左圖下：輕鬆快速便利，拉麵在日本鬧區的小巷弄內隨處可見。

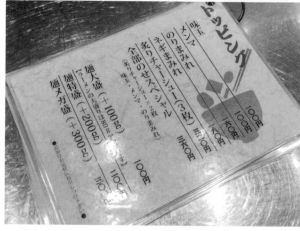

左圖上：大意為「加料定期券販賣中！四代目這裡可以加以下這些料。筍乾、蔥花、海苔、滷蛋、叉燒一片、加大碗、特殊口味。有效期限：購入日起算 6 個月。集 20 點則任選你喜歡的拉麵贈送一碗！一張券 300 日圓，販賣中。超～划算的！」

左圖下：加料選項菜單。トッピング是英文 topping，放在上面的佐料、加料的意思。由右至左為味玉（滷蛋）、メンマ（筍乾）、のりまみれ（灑滿海苔）、ネギまみれ（灑滿蔥花）、炙りチャーシュー（炙燒叉燒肉）、全部のせスペシャル（全部都加的特別版）。

1. トッピング 0
   to p pi n gu

2. あじたま
   味玉 0
   aji tama

3. メンマ 1
   me n ma

4. のりまみれ
   no ri ma mi re

5. ネギまみれ
   ne gi ma mi re

6. あぶ
   炙りチャーシュー
   abu ri chā shū

7. ぜんぶ
   全部のせスペシャル
   zenbu no se su pe sha ru

1. 常連客 3
<ruby>じょうれんきゃく</ruby>
jō ren kya ku

2. 定期券 3
<ruby>ていきけん</ruby>
tei ki ken

左圖：常客集點卡。最上面的粗體字大意為：「來店三次的話，你就成為直得恭喜的常客 VIP ！」

日本人對常連客總會給予特別優惠，或給予更好的服務。以這間店而言，集滿三個常連客章，可以得到一張價值 300 日圓的トッピング定期券。這是店家鞏固顧客的手法，對客人而言成為常連客後因為有好康可圖，也會更不想去其他不熟的店。常連客優惠的手法常見於拉麵店、壽司店等店面小，客人和店家直接互動較多的飲食店。

▌異國料理

就像臺北匯聚了世上各地來的美食一樣，日本也有其他的異國美食，越是都會的地方食物越多元，尤其在東京、大阪、札幌，和食只是生活飲食中選項之一。我曾經聽穆斯林的朋友說，東京的穆斯林餐廳

數量，是世界上其他任何一個非穆斯林國家都比不上的。這個國家熱愛自己的文化，甚至到了看起來非常保守的程度，但它其實也留給外來的料理相當大的生存空間，這些異國料理不會是旅人去日本玩的時候，優先想到的飲食選項，但是卻是日本人 食生活之中不可分割的一部分。

1. <ruby>食生活<rt>しょくせいかつ</rt></ruby> 3
shokuseikatsu

異國料理的日文菜單不只對外國人來說很難看懂，對於日本人來說也要費一番理解的功夫，因為日

文中有時根本就沒有這些菜名，有些甚至是店家自創的，客人當然不會知道那是什麼。還好食物的名稱是最容易學的，點來吃吃看就知道了。大部分外國的料理都是用日文片假名書寫，漢字和平假名非常少，正好是練習片假名的最佳機會。

左圖上：位於秋葉原的巴西料理餐廳。

左圖下：遇到真的沒看

❾ MEGA、 GIGA、TERA 皆為計算電腦硬碟容量的數量詞。

❿ステーキ來自英文steak，在日文中出現時如果沒有特別指出是什麼肉，就是牛排的意思，這個字有時也會當做「肉排」使用，例如クジラのステーキ（鯨魚排）、豚のステーキ（豬排）。

過的詞，與其立刻查字典，不如先從圖面、其他單字找線索。左上角メガプレート、正中央的ギガプレート，看似讓人摸不著頭緒，但圖片上英文字 MEGA/GIGA 其實就是解答。左上角メガプレート可以理解為 MEGA plate 很大盤、正中央的ギガプレート則是 GIGA plate 巨大盤的意思。❾

上圖：巴西料理餐廳的菜單。左上角テラプレート是 tera (trillion) plate，超級特大盤。左下角牛ランプステーキ是牛ランプ（牛臀肉，見插畫）這個部位的ステーキ❿牛排之意。右邊中間ブラジルハンバーグ是 brazil hamburger，巴西漢堡肉排的意思。右下角サーロインステーキ則是莎朗牛排。

1. メガ 1
me ga

2. プレート 0
pu rē to

3. ギガ 1
gi ga

4. テラ 1
te ra

5. 牛ランプ 3
gyū ra m pu

6. ステーキ 2
su tē ki

7. ブラジル 0
bu ra ji ru

8. サーロイン 3
sā ro in

▌ 高級品牌牛肉

打造精緻品牌是日本的特長。連來自大自然、難以標準化的農林水產品，也能透過嚴格的品管能力，生產出穩定高品質，讓人一試難忘的品牌食材。而這其中，品牌牛肉就是一項為人熟知的大宗。

日本將品牌稱為ブランド，各式各樣的品牌牛，則很簡單地統稱作ブランド牛。比如松阪牛，以牛脂如霜降般均勻細密地分布在牛肉上聞名於世，可謂日本ブランド牛中的不衰傑作。現在臺灣人將油脂分布均勻貌似霜降的豬頸肉稱作松阪豬，習以為常，但其實最開始，也是因為它外型和松阪牛相像才故意稱之松阪豬，以沾個光。

左圖：松阪牛サーロインステーキ（沙朗牛排）、モモしゃぶしゃぶ（涮涮鍋用腿肉片）。

1. ブランド 0
   bu ra n do

2. 牛 (ぎゅう) 1
   gyū

3. 松阪牛 (まつさかぎゅう) 4
   matsusakagyū

4. モモ 1
   mo mo

5. しゃぶしゃぶ 0
   sha bu sha bu

1. **肩ロース** 3
   kata rō　su

2. **すき焼き用**
   su ki ya ki yō

左圖：山形牛モモステー
キ（腿肉牛排）、肩ロース
すき焼き用（壽喜燒用牛肩胛
片）。

　　山形牛、松阪牛這類ブラ
ンド牛產地、牛隻品種嚴格篩
選，因此往往給人高級貨的印
象。事實上也確實如此，百貨
公司內ブランド牛幾百克就要
價數千日圓，的確不是一般小
家庭可以天天吃的玩意兒。

　　但住宅區內的日本超市就不一樣了，為了鞏固客
源，經常有每週一次特價日，比如星期一蔬菜一律99
日圓，星期二冷凍食品一律打6折，星期三牛肉通通
半價特惠……特價品輪番上陣，讓顧客要買齊家庭所
需，只能天天光顧。如果相準
這種特價日，即便是高檔ブラ
ンド牛，往往也可以用超值的
價格入手。

　　左圖就是日本高級ブラン
ド牛的照片，因為特價日貼上

半額標籤，但是內容仍是如假
包換當天進貨的新鮮品，而非
發黑不新鮮的老庫存。

注意看，會發現半額貼紙
上寫明「レジにて値引きいた
します！」也就是在レジ（收
銀臺），才會將含稅價格將近
三千日圓的ブランド牛折價。這裡的値引き就是折價
的意思，而いたします則是敬語的用法。

1. 半額 0
hangaku

2. レジ 1
re ji

3. 値引き 0
ne bi ki

4. いたします 4
i ta shi ma su

天下廚房大阪－道頓堀

5. 天下の台所
ten ka no daidokoro

大阪在日本有著天下の台所之美稱，因為鄰近港
口且富商多，大阪匯聚了天下來的好食材、好廚子，
因而發展出大阪獨特的美食文化。下圖是大阪最知名
的道頓堀夜景，圖片左方舉起雙手的「固力果跑者」
大型看板，是穿越 80 年歷史，刻印在大阪人記憶中
的重要地標。

1. **グリコ** 1
gu ri ko

跑者白色背心上寫的紅色字樣グリコ，是來自日本製菓公司固力果（Glico）的註冊名稱。從初代グリコ看板（1935 年～1943 年）設立開始，因為グリコ看板 33m 又高又大（相當於 12 層樓高），在當時周遭都還只是低矮平房的情況下，グリコ立刻一舉成為大阪代表性的地標。

第二次世界大戰後，固力果公司再立起二代グリコ（1955～1963 年），後來便再也沒有撤下過。1963 年到 2014 年間，グリコ看板經歷了幾次革新，

但第三、四、五代グリコ跑者，也從來沒有改變過奔跑的姿勢，グリコ儼然成為大阪這國際城市的代表人物。也因此，グリコ看板在 2003 年被指定為大阪市指定景觀形成物，屬於最早被指定為大阪市都市景觀資源的其中一項，和

おおさかじょうてんしゅかく　　　つうてんかく
大坂 城 天守閣、通天閣、
1.＿＿＿＿＿＿　　2.＿＿＿

してんのうじ
四天王寺齊名。
3.＿＿＿＿＿

　　在グリコ跑者日夜不歇的奔跑下，グリコ這個品牌名稱，也就深深烙印在日本人乃至所有外國遊客的腦海中。而現在第六代的グリコ，則是擁有 14 萬顆 LED 燈泡的全新版本，會隨時間變化背景，而且更省電、更環保，在新的時代下，也將持續不懈地「跑」下去，陪伴著大阪人度過每一天。❶而在グリコ腳下，

❶ QR 掃描閱讀更多グリコ看板的故事。

QR code!

歷代ダリコ的特色
https://www.glico.
com/jp/enjoy/contents/
tokubetsuten/

即是大阪最熱鬧的黃金地帶道頓堀，各式各樣的大阪

庶民美食都在這裡。（下圖）

左圖：餃子專門店大阪王将。
1.

日本的餃子指的是煎餃，類似我

們的鍋貼，但是菜多肉少，整體

餡料比臺灣鍋貼少，價格倒不便

宜。

左圖：ふぐならづぼらや。

意為要吃河豚的話就要找づぼら
2.

や（店名）。

1. 餃子專門店大阪王 将
gyō za senmonten ō saka ō shō

2. 河豚 1
fu gu

ごぜん
1.御膳 0
go zen

つけもの
2.漬物 0
tsukemono

つくだに
3.佃煮 0
tsukudani

やき
4.たこ焼 0
ta ko yaki

5.クリーミー 2
ku rī mī

じゅうはちばん
6.十八番 4
jū hachi ban

はこ
7.箱 0
hako

お は こ
8.十八番 0
o ha ko

9.かに 1
ka ni

どうらく
10.道楽 0
dōraku

左圖：左下起牛しゃぶ御膳、ふぐ御膳、和定食。御膳與定食差別在定食有其固定的形式，總是一碗味噌湯、一碟小菜、一點漬物或佃煮，搭上主食。御膳同樣是セット上桌，但配菜可能多了一些其他東西，例如刺身生魚片、天婦羅等，整體而言比較澎湃、豪華。一般來説大衆食堂吃的是定食，御膳則要在小餐廳等稍有點檔次的地方才有。

左3圖：たこ焼十八番。在章魚燒配方中加入牛奶而達到クリーミー的口感（creamy 濃郁感），並且有酥香外衣自豪。

6. 十八番意思是第十八號，但是也有獨門好戲、拿手絕活的意思，用作拿手好戲的意思來使用時，通常讀作おはこ，語源來自歌舞伎歷史上七代目市川十郎，將該家族所特地放入箱中好生保存的十八個拿手表演道具及細節公開發表，因而有了十八番的説法。

7. 左上2圖：大阪坐在路邊吃的拉麵攤金龍ラーメン。

8. 左圖：かに道楽，意即熱愛螃蟹。かに是螃蟹，道楽，形容人對某件事全心全意投入、徹底迷上。

左圖上：「こなもん天国，たこ焼、お好み焼。」意為麵粉食品王國，章魚燒、大阪燒。こなもん即粉もん，專指章魚燒、大阪燒等將麵粉糊調得黏黏的後拿去煎的食品。

左圖中：車屁股上寫的是「ほっかほっかのやきいも」，熱呼呼的烤地瓜。ほっかほっか是熱呼呼的意思。

左圖下：昭和ホルモン。ホルモン一詞是動物內臟的統稱，原意為要丟掉的東西，もん是もの的口語說法。

1. てんごく
   天国
   ten goku

2. ほっかほっか
   ho k ka ho k ka

3. やきいも
   ya ki i mo

4. しょうわ
   昭和
   shō wa

5. ホルモン
   ho ru mo n

正餐之外甜甜嘴

▌秋葉原牛乳舖

1. 秋葉原 3
   あきはばら
   aki ha bara

2. 牛乳 0
   ぎゅうにゅう
   gyū nyū

3. ショップ 1
   sho p pu

4. 酪 1
   らく
   raku

5. 專門店 3
   せんもんてん
   senmon ten

東京秋葉原車站裡面有一家特別的牛奶店牛乳ショップ，販賣約百種不同品牌產地的牛乳以及調味乳，店名就叫做酪。整間店只賣一種東西，但賣得很精、賣得很專業的方式，在日本很常見，稱為專門店。尤其是賣米、賣酒的店舖特別會用這樣的商業模式，一家店裡面可能有來自北海道、福井、新潟等，日本各個地方不同產地的米，而且會有各式各樣不同品種，所以老闆會很專業地介紹各產地品種差異

在哪裡，客人也能買到最喜歡的東西回家。酪也是這樣的店，只不過他專賣的東西比較特別，是牛乳。

左 4 圖：秋葉原車站內牛乳專賣店「酪」的樣子，另一邊就是疾駛而過的電車。

左一圖：カフェオレ即咖啡歐蕾，也就是咖啡牛乳。

左二圖：招牌上寫的是おいしいパン＆牛乳，意思是好吃的麵包＆牛奶。

左圖：カフェオレ的廣告詞：「福島県民のソウルドリンク首都圏にもファン急増中」，意思是：福島縣民的精神飲料，首都圈內粉絲也急速增加中。ソウルドリンク來自描述美國黑人食物的英文詞 soul food →ソウルフード，引申為療癒心靈的食物；此處又轉化成 soul drink，變成療癒心靈的飲料。

1. 福島 4
  ふくしま
  fukushima

2. 県民 0
  けんみん
  ken min

3. 首都圏 2
  しゅと'けん
  shu to ken

4. ファン 1
  fa n

5. 急増中 0
  きゅうぞうちゅう
  kyū zō chū

6. ソウルフード 4
  sō ru fū do

7. 恵み 0
  めぐ
  megumi

8. しぼる 2
  shi bo ru

9. 牧場 0
  まきば
  makiba

10. 牧場 0
  ぼくじょう
  boku jō

右圖：牛奶盒右上角的標語：「毎日しぼる牧場の恵み」，每日擠出的牧場的恩惠。しぼる是絞、擠、榨的意思。牧場讀音可讀作訓讀的牧場、音讀

的牧場，都是正確讀音，這種情況下，為了避免混淆，有時會標上讀音，就像牛奶盒上所標示的一樣。

在日本提到牛乳，就不得不提一家叫做雪印的公司。雪印雖然和明治一樣是日本的乳製品老牌企業，在日本卻聲名狼籍。原因在於雪印曾發生過兩次重大乳品原料控管不良，導致消費者集體中毒的嚴重食安問題，1955 年雪印八雲工場脫脂粉乳食中毒事件造成東京都內近 2000 名小學生感染葡萄球菌，2000 年又發生雪印集團食中毒事件。

左上圖：大阪固力果跑者看板的左上角有一個看板：雪印メグミルク，直接翻譯的話，意思是雪印惠

11.明治₁
mei ji

12.八雲₁
yakumo

13.工場₃
kō jō

14.脫脂粉乳₄
da sshi fun nyū

15.食中毒₃
shoku chū doku

16.事件₁
ji ken

17.集団₀
shū dan

18.雪印メグミルク
yukijirushi megu mi ru ku

MILK。這在臺灣也小有名氣的雪印牛乳，源自大正時代創立的雪印乳業株式会社，在企業併購吸收日本ミルクコミュニティ株式会社後，融合創始時的雪印和日本ミルクコミュニティ株式会社旗下牛乳品牌メグミルク，成為公司的新名稱。メグミルク融合自日語恵和外來語ミルク（milk）兩字，由恵ミルク連在一起，並去掉其中一個み而來。

雪印兩次問題的原因如出一轍：雪印工廠因為停電而使牛乳原料溫度上升，細菌大量滋生，但雪印管理階層復電後沒有廢棄受到停電影響的牛乳原料，將受到細菌汙染的牛乳高溫殺菌後照常出貨，心存僥倖；但事實上高溫只能殺死細菌，卻無法殺死因葡萄球菌孳生而產生的毒素，因此導致大約 15000 人上吐下瀉，其中也包含才數個月大的小嬰兒。

橫跨數十年的兩次事件，讓雪印在日本的形象徹底崩潰、一厥不振，雖然後來經過破產改組，又已經過了將近 20 年，但至今日本仍有許多消費者拒買雪印。

左圖：明治出品的おいしい牛乳，算是一般超市鮮奶中出了名的好喝牛奶。

▌和菓子

　　和菓子（わがし）正如其名，就是日本傳統的甜品，因此稱為和菓子（わがし）。日本另有洋菓子（ようがし）一詞，代表西式甜點，想時髦點則稱スイーツ、デザート⓬。具代表性的和菓子（わがし）包含最中（もなか）、だんご、饅頭（まんじゅう）等，常用糯米使用幾種固定的餡料，紅豆沙餡⓭、白鳳豆沙餡，或些帶有季節色彩的栗、櫻花、櫻葉、梅子等，弄成色彩繽紛的樣子刺激食慾。

　　和菓子（わがし）分為生菓子（なまがし）、半生菓子（はんなまがし）、干菓子（ひがし）三大類，生菓子的含水量超過 30%，保存期限很短，最多只有一到兩天，最好當天吃完，例如大福（だいふく）等もち菓子（がし）（麻糬類）也是生菓子（なまがし）。

　　干菓子（ひがし）含水量不到 10%，常溫也可以保存一個月，例如おせんべい（即仙貝）。半生菓子（はんなまがし）則是含水量介於以上兩者之間的類型，例如蜜紅豆、最中，雖然可以稍微存放，但趁新鮮吃比較美味。

⓬ 即英語的 sweets（糖果），dessert（甜點）。

⓭ 紅豆餡又分こしあん（紅豆沙）、つぶあん（帶顆粒的粒紅豆泥）。

1. 和菓子（わがし）2
wa ga shi

2. 洋菓子（ようがし）3
yō ga shi

3. スイーツ 2
su ī tsu

4. デザート 2
de zā to

5. 最中（もなか）1
monaka

6. だんご 0
dan go

7. 饅頭（まんじゅう）3
man jū

8. 生菓子（なまがし）3
namagashi

9. 半生菓子（はんなまがし）3
hannama ga shi

10. 干菓子（ひがし）2
hi ga shi

11. 大福（だいふく）4
dai fuku

12. おせんべい 2
o sen be i

上 生菓子也是和菓子店中常看到的詞彙，這並不是單一一種和菓子的名字，而是指上等、高價的生菓子，也就是「上等生菓子」的意思，以白鳳豆沙包裹紅豆餡，做成和季節景色相應外型的ねりきり（煉切）為代表。

左圖：和菓子店通常都是專賣店，每家店有自己獨特的口味。因為重視新鮮，每日現做，數量有限，知名的和菓子店往往未到閉店時間，就銷售一空。

左圖：和菓子店浩月。橘色招牌上寫的「御進物」是贈送他人的東西、贈禮用的意思。和菓子是訪問友人時很受歡迎的伴手禮之一，因此和菓子店裡常有這樣的廣告詞。如果是要送禮，和

菓子可以替你包裝，稱為<ruby>化粧箱入り<rt>けしょうばこいり</rt></ruby>，但通常不是免費的，因此是自用還是贈禮用，最好跟店家說清楚。

左圖：陳列和菓子的櫥窗。流量不大的店家偶爾也會因為疏於管理，讓客人買到發霉的產品。我自己就曾經在東大赤門對面的和菓子老舖中買到底部發霉的<ruby>水無月<rt>みなづき</rt></ruby>❶。

左圖：<ruby>道明寺<rt>どうみょうじ</rt></ruby>，和菓子的一種，屬於糯米製品，在關東一帶稱為<ruby>道明寺<rt>どうみょうじ</rt></ruby>，關西則直接稱之為<ruby>桜餅<rt>さくらもち</rt></ruby>。染成粉紅色的糯米丸內有紅豆餡，外面再包上一層<ruby>桜葉漬け<rt>さくらばづけ</rt></ruby>（即鹽漬櫻花葉），使櫻花葉的香氣滲入軟黏的糯米中，吃的時候一口咬下，就是春天的芬芳。

❶日本人將六月稱為水無月，而六月的代表性和菓子則為與其同名的水無月。。

3.<ruby>御進物<rt>ごしんもつ</rt></ruby> 2
go shinmotsu

4.<ruby>化粧箱入り<rt>けしょうばこいり</rt></ruby>
ke shō bako i ri

5.<ruby>水無月<rt>みなづき</rt></ruby> 2
mi na zu ki

6.<ruby>道明寺<rt>どうみょうじ</rt></ruby> 0, 5
dō myō ji

7.<ruby>桜餅<rt>さくらもち</rt></ruby> 3
sakuramochi

8.<ruby>桜葉漬け<rt>さくらばづけ</rt></ruby>
sakura ba zu ke

1. **道明寺粉** 0、5
どうみょうじこ
dō myō ji ko

2. **御注文** 0
ご ちゅうもん
go chū mon

3. **少し** 2
すこ
sukoshi

4. **時間** 0
じ かん
ji kan

左圖：道明寺以專用的道明寺粉製作，這種粉相當特別，蒸熟糯米後再晒乾製成。使用道明寺粉製作的甜點以道明寺為代表，口感軟Q但又不會過於軟爛。

左圖：左邊相框內的大意是「和菓子店的脆脆脆脆丹麥卷（加了紅豆鮮奶油）。一根 160 日圓。承您選購後才會將鮮奶油擠進去，因此要請您稍等一會兒。」サクサク是咬到酥脆東西時常用的狀聲詞。最末句的「御注文頂いてからクリームを絞りますので、少しお時間を頂きます」，這一句是標準的敬語，所要傳達的語感是「承蒙尊貴的您選購後才會將鮮奶油擠進去，因此要稍稍讓敝店占用您寶貴的時間。」

以店家身分對客人說話時，常使用這樣的句法。

下圖：有些和菓子店只經營單一品項，或是販賣的種類很少，例如京都北野天滿宮前的<ruby>粟餅所澤屋<rt>あわもちどころさわや</rt></ruby>，西元 1682 年創業以來，歷經 330 餘年，就專注於粟餅這一味。

左圖：表彰狀大意：「粟餅店先生：你的店跨越百年時代變遷，守護了家傳事業的傳統，創造了京都的味道，讓京都府民能有豐富的生活體驗，在單一品項上精益求精地營業，無旁騖地一路努力過來。現在是京都府開廳百年，對你這值得稱讚的業績，贈上紀念品，予以表彰。」

左１圖：粟餅所澤屋<ruby>あわもちどころさわや</ruby>，店內的景象。供人以粟餅佐茶享用片刻悠閒。

左２圖：店外白燈籠上寫的是粟餅所澤屋<ruby>あわもちどころさわや</ruby>自豪的招牌點心：あわ餅（粟餅）。

左３圖：日文老舖<ruby>しにせ</ruby>，_{1.} 漢字寫法與中文不同，要多留意。

1. **老舖<ruby>しにせ</ruby>** 0
   shinise

動手寫日文

生活中會用到的實用書寫

04

到這一步你已經能夠解讀大多數漢字和五十音混用的日文廣告、招牌看板，甚至是全日文文章。本章的主題：書寫，則是要徹底強化你五十音能力──透過書寫日常生活實用的短文、賀卡，踏出從讀得出五十音到寫得出日文最關鍵的一步。從此日文不只是你了解日本的工具，也會成為你和任何日語使用者雙向溝通的利器。

嘗試用日文表達：你的名字

日本人十分重視姓名，在所有的場合，遇到任何人，一定會先了解對方的姓名以及正確讀音，以便從此往後用對方的姓氏加上さん，有禮貌地稱呼彼此。你已經懂得五十音怎麼寫、怎麼念了，所以現在開始，你得找到自己的名字怎麼書寫，以及怎麼發音。

▋ 漢字不成問題

中文名字在日文裡通常會保留漢字書寫，所以這對你而言應不費吹灰之力；讀音則是採用近似原文的

拼音或改用日文漢字讀音，兩者皆可。

　　比如我的名字叫裘莉，這兩個漢字在日文中都是正規用字，就可直接寫作裘莉。但這兩個字在日本並卻不常用，尤其湊在一起當作名字時，日本人更是不知道該怎麼念，因此一定會詢問我正確唸法，並且標注在我名字的漢字上頭以免出錯。

▌名字的正確唸法，沒有標準答案

　　我剛到日本讀書時，曾發生過和名字唸法相關的趣事。當時我的日文還非常不好，為了自我介紹，查字典學到裘讀作きゅう，莉讀音り，所以自我介紹向大家說明裘莉的讀音時，我總是用 裘莉（きゅう り）這個版本。直到過了好一陣子，某天逛超市突然發現，怎麼我的名字和日文中小黃瓜的胡瓜（きゅうり）音一模一樣！才懂為什麼之前幾個日本人聽到我自報姓名，都一副「真有趣」的樣子。

1.胡瓜（きゅう り）1.

　　可是有鑒於裘這個字的中文讀音並不好唸，我也不喜歡讓人念我的中文名字卻唸得怪聲怪調，所以後來就依照西方國家的人名在日本，通常用片假名拼音，名字的原文不予保留的慣例，改用我英文名字

Julie 的讀音，搭配裘莉的漢字書寫作為終極版本：裘莉。

大多數的中文字一用日語發音，都會和中文讀音不太一樣，你其實不用太勉強自己改變名字讀法。比如同樣用中文讀音作自己名字念法的還有世界全壘打王王貞治，中文的王姓在日本常讀作王さん，但保留中文讀音的王さん也完全沒有問題。

1. ワンチェンチ
王貞治
wan chien chi

2. おう
王さん
ō sa n

3. ワン
王さん
wan sa n

▌有趣的日本人名

4. やまなし
月見里
yamana shi

5. やま
山 2
yama

6. つゆ
梅雨 0
tsu yu

7. つゆいり
梅雨入り 0
tsu yu i ri

8. つゆり
栗花落
tsu yu ri

9. しがつついたち
四月一日
shi gatsutsuitachi

10. わたぬき
四月一日 0, 4
wa ta nu ki

11. わた
綿 2
wata

12. ぬき
抜き 1
nu ki

13. やがみライト
夜神月
ya gami raito

其實日本原本就沒有漢字一定必須怎麼念的嚴格規範。比如幾個較少見的日文姓氏，照理說月見里該唸作つきみさと，但實際讀音卻是月見里，因為「沒有山的情況下更能看月亮看得很清楚」。或是栗花落這個姓氏，和梅雨讀音相同讀作つゆ，因為栗花落下的季節正好就是梅雨開始（梅雨入り）的時節，所以就成了栗花落。再舉一個例子，當作日期時念四月一日，當作姓氏卻唸作四月一日──因為農曆四月一日正好是衣服換季，將衣服中的綿花層等保溫層去掉（抜き），為夏天做準備的日子。

知名漫畫《死亡筆記本》裡夜神月這個角色的

1.つき 2
tsu ki

2.げつ 1
ge tsu

3.がつ 1
ga tsu

4.ライト 1
ra i to

名字也是漢字和讀音自由搭配的經典例子，月解釋為月亮時讀作つき，解釋為月分時讀作げつ、がつ，而ライト則是英文的 light（光），在日文中ライト是電燈的通用説法，跟月亮只能算是勉強搭上邊。但名字就是這麼性格的東西，取名字的人説該怎麼念，大家就得照著這麼念，夜神月也就成了夜神 月（やがみライト）而不是夜神月（やがみつき）了。

■ 我需要取一個「日本名」嗎？

答案是：不管你是否需要在日本走跳，你都**不需要**強取一個日本名字。學一種外語就起一個新的外語名字，是華人的特色。這種作法在歐美及日本人眼中都很奇怪。我去荷蘭讀書時使用的名字是 Julie，但也因此常會被人問：「你為什麼不要用你真正的名字？」從那個時候我開始反思，為什麼我們這麼喜歡取外國名字？其實答案往往不是因為要融入對方的文化，純粹是這樣比較洋氣，比較潮而已。

就像韓劇流行的那陣子，新生兒的名字裡難免就多了一些宇、赫，這都是韓國常見的取名用字；近年來冠宇、宇翔等新興名字甚至擠下了傳統菜市場名上

連年的霸者宗翰、家豪等。

當然，如果你「就是想要有一個日本名字」，有何不可呢？只不過你終究不是日本人，你所取的日本名字，最好能有一個好理由。例如林志玲和日本男藝人結婚，可以順理成章換日本姓氏，但你想要取名叫「千代（ちよ）」、「愛子（あいこ）」、「翔太（しょうた）」，甚至連姓氏一起換，想姓「伊集院（いじゅういん）」、「一条（いちじょう）」、「安倍（あべ）」的理由是什麼呢？因為聽說是貴族的姓氏，所以很酷嗎？其實可能沒有這麼酷，過個兩三年，說不定你反而會覺得自己當年做的決定，真令人尷尬也不一定。一個帶點和風但保留個人特色的名字，才會是最適合你的日本名字。

說到底，名字是最能代表個人的一道標記，乘載著你的家族歷史和個人故事，如果你是因為誤以為一定要娶一個日文名字才對，那我告訴你：「完全不需要！」你可以用你原本的名字在日本生活，所有的外國人在日本都是這麼做的。日本人通常會很認真了解你叫什麼名字，以及你的名字怎麼唸。

所以請先在紙上寫下自己的中文名字，再拿出五十音對照表，你可以依照日文讀音，中文讀音，或甚至和我一樣中西合璧，總之好好想一想，為自己的名字構思一個你專屬的標準版讀音及寫法。

嘗試用日文表達感情

■ 感謝之心

　　學任何一種語言，最重要、該優先學習的第一句，永遠是謝謝。在外，懂得感謝的人，容易結交朋友，走到哪裡都讓人願意幫一把，這種人是最受歡迎的人。但不只人在江湖走跳要常說謝謝，面對家中父母兄弟姊妹，乃至子女晚輩，如果經常表達感謝，都能讓家庭關係更圓滿。

　　日文的謝謝是ありがとう。如果是面對平輩晚輩，或是家中親近的長輩，ありがとう是最輕鬆、無負擔，可以天天用、時時用的「謝謝」。吃飯時媽媽拿碗筷給你，可以說ありがとう；對每天接送你上下學的爸爸，也可以用ありがとう表達感謝。

お父さん／お母さん、ありがとう。
＝爸爸／媽媽，謝謝。

お父さん／お母さん、ありがとうございます。
＝爸爸／媽媽，謝謝您。

いつもありがとう。

＝一直以來，謝謝。

寫張小卡片或便條紙只是舉手之勞，但卻能讓父母感覺到溫暖（以及你真的有在學日文！），何不今天就試看看？

如果要加重感謝之意，可以用以下的句子：

どうもありがとう。

＝非常感謝。

此外，京都大阪一帶除了用ありがとう，還會用おおきに表示感謝。

おおきに＝大<ruby>おお</ruby>きに＝おおきにありがとう

＝大大地感謝

這裡的おおきに意思和どうもありがとう的どうも相似，都是強調「非常感謝」、「甚為感謝」的意思。

▌ 值得恭喜的時刻

結婚、生日、順產、畢業、找到新工作，人生的不同階段，三不五時就有值得祝賀的事。雖然是錦上

1. おめでとう ₀
   o me de tō

2. おめでとうございます
   o me de tō　go za i ma su

3. 誕生日 ₃
   たんじょう び
   tan jō bi

4. ハッピーバースデー
   ha p pī　bā　su dē

5. ご出産
   しゅっさん
   go shussan

6. 卒業 ₀
   そつぎょう
   sotsugyō

添花，但有人說一句恭喜，聽到的人還是很開心。

日文的恭喜是おめでとう。比較有禮貌的說 [1] 法則是おめでとうございます。在前面加上各式 [2] 各樣的變化，可以以一擋百，應對幾乎所有的喜慶場合。

● 生日／生產

誕生日おめでとうございます
たんじょう び
[3]
＝生日恭喜您＝生日快樂

誕生日おめでとう
たんじょう び
＝生日快樂

也可以用日文片假名表音，寫成ハッピーバ [4] ースデー（Happy Birthday），這是比較時髦的表現方式。

ご出産おめでとうございます
しゅっさん
[5]
＝生產恭喜您＝恭喜順產

● 畢業

卒業おめでとうございます
そつぎょう
[6]
＝畢業恭喜您＝恭喜畢業

日本的畢業季、入學季和櫻花季是相同時節，每年三、四月份都是舊生畢業，新生入學，校園裡笑淚交織的時刻。

日本有些超高人氣的畢業歌，比如歷久不衰的「仰げば尊し」、「螢の光」，曲調在臺灣也廣為流傳，成了青青校樹和驪歌。附帶一提，驪歌在臺灣除了畢業典禮外，有時候會在葬禮、告別式上使用，但這是臺灣獨特的文化；螢の光的原曲來自蘇格蘭的聖誕民謠，在日本被改寫成畢業歌，因為帶有離別的意味，因此也在商店打烊前提醒客人離店時使用，日本的告別式是不播放任何歌曲，只由和尚誦佛經祝禱。

新一代的畢業歌，則有如森山直太朗的「桜」、コブクロ的「桜」、EXILE「道」等等。因為日本人總是在櫻花盛開的季節離開學校，和朋友們分道揚鑣踏上各自的人生旅途，因此櫻花成了畢業歌重要的題材。❶

不過三、四月還不只是畢業、入學的日子，日本人通常不會拖到畢業後，才開始找工作，所以恭喜畢業後，緊接著通常就要恭喜就職。

ほたる
1. 螢 1
hotaru

ひかり
2. 光 3
hikari

さくら
3. 桜 0
sakura

みち
4. 道 0
michi

❶掃 QR 聽日本 TOP5 經典畢業歌。

QR code!

http://bit.ly/5gradsong

● 就職

就職おめでとうございます

＝就職恭喜＝恭喜開始新工作

1. 就職活動
shū shoku katsudō

2. 就活 0
shū katsu

3. 內定 0
nai tei

4. 入社 0
nyū sha

　　日本和臺灣求職文化大不相同。日本高中生在高三，大學生在大二、大三左右，就開始緊鑼密鼓地進行就職活動（簡稱就活）。以大學生而言，條件好、擅長面試的人，在大三就能拿到內定，確定未來畢業後第一份工作。內定制度在日本已是求職的固定流程，透過早期面試，日本企業挑選最優秀、有潛力的新人，並在學生畢業前給出正式雇用契約，就是內定。這能確保優秀學生一畢業就進入公司開始工作。任學生的角度而言也有保障，有充足時間投履歷、認識不同的企業環境和工作內容，再做出決定。

　　因為大部分日本企業任用新人都會指定在四月入社，以便整批新人一起進入公司，能進行有系統的員工訓練，幫助新人快速進入狀況、融入職場，因此順著大環境的時程進行就活是日本大學生最重要的功課，而獲得內定則是最高興的事啦。

內定おめでとう！

＝內定恭喜＝恭喜獲得內定！

▌助人一臂之力

如果你的朋友或家人正在某個關卡上，而你想助他一臂之力共度難關，要怎麼表達呢？最簡單的就是 <ruby>頑張<rt>がん ば</rt></ruby>って 這句話。

頑張って＝がんばって

＝加油唷！

或是你也可以針對對方正在努力的主題，將要加油加在哪裡說得更明確，例如：

<ruby>就 職 活動<rt>しゅうしょくかつどう</rt></ruby>に<ruby>頑張<rt>がん ば</rt></ruby>って

＝找工作加油！

各式各樣需要幫人加油場景，你都可以使用<ruby>頑張<rt>がん ば</rt></ruby>って 這句，各式各樣你想要幫他加油的人，你也都可以用這句以一擋百。

如果你想要再多表達一點你對他的支持，可以再說：

<ruby>応援<rt>おうえん</rt></ruby>します

＝我支持你。

附帶一提，<ruby>応援<rt>おうえん</rt></ruby>是很微妙的句子，既可以代表單純的精神與你同在，也可以代表真槍實彈的鼎力襄

助。聽到応援します，要怎麼判斷對方是嘴上說說，還是真的會幫忙呢？主要還是要看對方的態度和你們之間的關係。

例如你想創業開咖啡店，如果是鄰居阿姨的遠房親戚跟你說応援します，基本上就是客套話，頂多開幕時來捧個人場，別有什麼過分期待。不過，如果是自己的爸爸媽媽這麼說，很可能就是他會掏 200 萬來幫你裝潢，開幕前還親自來替你打掃。

日語的曖昧、難解，正是其醍醐味之所在，但有時候對方聽不懂你的応援します，比如你其實不只想要精神與他同在，而是想要和他一起努力完成某件事，你要怎麼表達心意呢？不妨再說以下這二句話：

一緒に頑張ろう
＝一起加油吧

一緒に頑張りましょう
＝一起加油吧（比較有禮貌的說法）

對方就一定可以了解你的心意和打從心底想要為他做些什麼的誠意。

事實上，如果你的親朋好友事業正逢轉換期，或是健康出了問題需要復健甚至接受手術，其他人只能

默默支持，實際上一點也幫不上忙，那你不妨將自己的關心、替他加油的心情，好好傳達給對方，也是很有幫助的。

雖說你只能精神與他同在，給予幾句加油的話語，而無法實質幫上任何忙，但對於只能孤軍奮戰，正在努力突破困境的人而言，光是知道背後有人支持，也能更勇敢地挑戰目標。這就像走在幽暗的長廊中，想點快樂的事就比較不害怕一樣，當一個人面對嚴峻挑戰時，有他人在情感上的支持，就能讓他表現得更好。這是無法跳下去插手幫忙的你，也能為他做到的事。

我自己考大學的時候還是學測加指考的時代，因為學測成績不錯，一舉考上了交通大學，周圍所有人都鼓勵我趕快去唸，不要犯傻放棄這個名額，再去考指考。但我心想，最近模擬考成績有起色，考指考再給自己拼臺大的機會，說不定會有更好的表現。因此我和父親討論，想要放棄已錄取的名額。

當時，我父親並沒有強烈表示可否，只讓我想清楚，再自己做決定。因此最後我和他說：「就算全世界都相信我辦不到，只要你相信我可以我就可以了。」並決定放棄交通大學，後來也如願考上臺灣大學。或許連我父親都不知道，對於聽到我要放棄大家眼中難

得的好學校，只叫他相信我時，他爽快回答我的那一聲「好！」對我產生了多大的能量。

對多數人而言，往往被人說聲：「我一直相信你做得到」時的效果，比其他任何話語更能深入人心。這句話表現出肯定對方能力，同時間也對那個人的價值全方面信賴，因此是句男女老幼通殺，擁有超級神奇魔力的話語。

如果你的親友將挑戰某件事，非常擔心自己會做不到，而你想要用最有魔力的語言鼓勵他，告訴他你相信他只要努力就沒有問題的話，你除了可以選擇用「頑<ruby>張<rt>がんば</rt></ruby>って」鼓勵他衝衝衝之外，還可以用下面這個句子，表達你相信他會做得到。

○○さんならできるよ！<ruby>私<rt>わたし</rt></ruby>は<ruby>信<rt>しん</rt></ruby>じてる。

＝（對方的名字）的話做得到的，我相信你可以。

1.**できる** 2
de ki ru

2.**きっと** 0
ki to

3.**必ず** 0
kanarazu

如果想要加強語氣，在できる（做得到）前面加上副詞きっと（一定）、<ruby>必<rt>かなら</rt></ruby>ず（必定），變成「○○さんならきっとできるよ！」或「○○さんなら<ruby>必<rt>かなら</rt></ruby>ずできるよ！」，意思是（對方的名字）的話『一定/必定』做得到的，我相信你可以。

在他成功之後，你可以再跟他説下面這句，能夠再次加強他對自己的信心，讓他面對往後的挑戰也能更勇敢面對。

○○さんなら、必ずできると信じてた。

＝（對方的名字）的話一定做得到的！我相信你可以。

如果你一直以來總是默默給予某人信賴、默默支持著他，找個適當的時機將心理的感覺化作言語，你和他的關係一定也會更緊密。

當然啦，有時候太過加油，神經過度緊繃反而會壞事，如果你想要提醒對方適時放鬆，別太為難自己，則可以説：

1. 無理 1
mu ri

無理しないでね

＝不要太勉強自己

這句話也代表你了解對方私底下有多認真努力，並且希望他在努力之餘照顧好自己的心意，很適合在替人加油的時候一起使用。

▌暖心小叮嚀

天氣轉涼或流行性感冒大流行的時候，難免會想

提醒自己關心的人，多加點衣服，或是多照顧自己一點。各式各樣的叮嚀，用日文要怎麼寫呢？

首先要學會的是萬能的「気<ruby>き</ruby>をつけてください」，意思是請小心、多注意。不過這邊所沒說出來的東西是──到底是要注意什麼呢？其實気<ruby>き</ruby>をつけてください可以泛指所有事情。總而言之，小心點別受傷或出意外，別感冒或弄丟東西，好好照顧自己的意思。和比較熟的人也可以去掉敬語ください，單純用気<ruby>き</ruby>をつけてね來叮嚀對方。這個句子還有許多變化，當你想要提醒對方特別注意哪一件事時，當然要明確地說清楚。例如下面幾個例子。

気をつけて行ってね

＝小心慢走哦。通常用在家人朋友要出遠門的時候，提醒他出外要凡事多注意。

気を付けて帰ってください

＝回去的路上要小心哦。

這可以用在朋友來自己家作客完畢，送人離開時作為最後的叮嚀使用。這種時候通常還會加上さようなら（再見），變成「さようなら、気をつけて帰ってください。」另外像是朋友一起約出來玩，時間晚了各

1. **さようなら** 4, 5
   sa yō na ra

257

自回家的時候，也可以説気をつけて帰ってね。

還要注意一點，就是日文的你和對象的上下關係，如果你是長輩，或是對平輩，就照上面的方式説就可以了。但如果你是晚輩，則應該用較有禮貌的お気をつけてください，而非簡短的気をつけて。

使用附屬叮嚀句時也要有相應的敬語變化，例如気をつけて帰ってください，要變成お気をつけてお帰りください，才是有禮貌的説法，你也才算是聰明的晚輩／下屬。

一提到敬語的用法，看起來就複雜許多了？不過別怕，大多數我們想要叮嚀某人，都是和對方很親，不需要太客套，所以才會想對他多叮嚀幾句。因此在練習五十音的過程中，找自己周遭的人當對象，就萬無一失！敬語的問題，是學到高級日文時才要好好處理的課題，你現在的任務只是熟練五十音、了解你已經學到的五十音加上你本來就會的漢字可以讓你做到很多事，這樣就夠了。

其他幾種常見的説法：

1. 風邪 0
ka ze

風邪引かないように、気をつけてね
1.
＝小心別感冒了

車が多いから、気をつけてね

＝車子很多，要小心哦

運転に気をつけてね

＝小心開車哦

如果對方真的是已經生病或感冒，甚至是開刀或住院的時候，則你寫卡片給他時可以說：

お大事に

1.
＝請保重身體。

▌賀年卡

1. お大事に
   o dai ji ni

2. 年賀状 3, 0
   nen ga jō

雖然現在用簡訊傳訊息快速又方便，但日本人仍維持著傳統，過年一定會寄實體年賀狀給親朋好友。想想看，有些住在遠方，好幾年都見不到面的朋友，平常沒事還真的不會聯繫，雙方的近況如何、孩子長大成什麼樣子，疏於聯絡的情況下，還真的不知道。相較於傳簡訊或上臉書按讚，往往只有少數人會參與互動，年賀狀是寄給認識的人，在新年開始的第一天，向他們打招呼、問候彼此的社會禮儀。

寄送年賀狀是雙向的交流，如果自己寄送時漏掉

某個很不熟的朋友，但是卻在新年第一天收到對方寄來的年賀狀（ねんがじょう），就要趕快在新年期間（一月七日前）補寄年賀狀（ねんがじょう）給對方，才有禮貌。日本年賀狀（ねんがじょう）有各式各樣的設計，傳統和風圖案是最簡單的版本，近年來更流行把自己家族合照印在年賀狀（ねんがじょう）上，直接寄送到朋友家，朋友一看就知道，「哇！他今年原來生了一個小寶寶」。

　　年賀狀（ねんがじょう）也有抽獎的功能，日本郵便局（ゆうびんきょく）發行的年賀狀（ねんがじょう）上印有抽獎編號，稱為お年玉くじ（としだま），朋友寄年賀狀（ねんがじょう）給你，相當於寄一張樂透給你，有時可以抽到小型紀念品，例如中獎機率 2-3% 的郵票，中獎機率 0.01% 的麵線禮盒、果醬禮盒等日本各地的土特產，最好的甚至是現金 10 萬日圓，或附贈交通費的豪華旅行招待券，雖然中獎機率只有百萬分之一，但反正又不額外花錢，因此也讓人非常期待。❷

　　雖然臺灣沒有お年玉くじ（としだま），但用年賀狀（ねんがじょう）互相問候的溫暖感受，真的很不錯，如果你想和久未聯絡，或是一直以來都很親近的朋友鞏固友誼，不妨試試看這種有趣的方式。就像在卡片上寫英文 Happy New Year 一樣，今年就用日文讓你的賀卡更豐富吧！

1. 郵便局（ゆうびんきょく）3
yū bin kyoku

2. お年玉くじ（としだま）
o toshidama ku ji

❷ お年玉賞品のご案内（1 等賞品）

QR code!

https://yu-bin.jp/letters/
otoshidama/first_prize.html

明^あけましておめでとうございます

＝新年恭喜，有時會直接寫成謹賀新年^{きんがしんねん}。

良^よいお年^{とし}をお迎^{むか}えください

＝祝您迎來一個好年。

今年^{ことし}もよろしくお願^{ねが}いします

＝今年也勞您多關照。

笑^{わら}い多^{おお}き一年^{いちねん}でありますように

＝希望你有充滿歡笑的一年。

心^{こころ}豊^{ゆた}かなる一年^{いちねん}でありますように

＝希望你有心靈豐足的一年。

　　恭喜你完成本書的學習進度！你已經具備學好日文的第二個利器（第一個利器是你的中文能力）。如果你想要自己的日文更進一步，請參照以下的學習指南：《10 個月從五十音直接通過日檢 N1》，此書會告訴你如何發揮 100% 中文實力來最大化學習日文的成效，是專為華人設計的日文學習法。我自己悟出這套方法後，成功從五十音背不全，快速培養出能和日本人順利溝通，並且通過日檢 N1 的日文能力。書中也整理大量免費學日文網路資源，以及日文檢定前的必知情報，為你進入下個日文學習階段，做好充足的準備。

附錄一 發音規則大補丸

▍音節

　　日語的音節相當於**說話時的節拍，每個單字中有幾拍，就算幾個音節**。原則很簡單：一個假名只會發一個音、占一拍，因此算一個音節。同理，促音雖然本身不發音，但說話者需暫停一拍，因此促音本身也算一個音節。

　　要注意，日語計算長音的音節時，是依循每個單字中有幾拍，就算幾個音節的規則。因此，拗音兩個字只發一個音（只會占一拍），因此只算一個音節。另一方面，長音則和拗音相反，日語中長音一個音占用兩拍，所以就得算兩個音節，這和英語中的音節概念和日語音節概念有本質上的不同。

　　英語音節 syllable 定義為一單字中，可被分割為幾個發音單位即為音節，通常音節中包含了母音 。例如長音的 sheep 和短音的 ship，英語只論可分割為幾段，不論兩者長短音的分別，因此 sheep/ship 兩者都只算一個音節。❶

syllable			
單字	讀音	音節	重點提示
寿司	すし	2	最簡單的一字一音
富士山	ふじさん	4	鼻音算一個字，本身占一個音節
希望	きぼう	3	長音ぼう算兩個音節
必須	ひっす	3	促音不發音，暫停一拍，占一個音節
読書	どくしょ	3	拗音しょ兩個字只發一個音，算一個音節
拉麺	ラーメン	4	片假名的長音「ー」本身也一個音節

❶定義為：A single unit of speech, either a whole word or one of the parts into which a word can be separated, usually containing a vowel. 引用自 Cambridge dictionary: Syllable（https://dictionary.cambridge.org/zht/ 詞典 / 英語 - 漢語 - 繁體 /syllable）

清音

即あいうえお開始的五十音表上，扣除鼻音ん以外基本的 45 個日文音。因為有些假名和其他假名重複，或是某些發音在當代中日語已經不存在，因此五十音表上實際的內容只剩下 45 個清音，以及 1 個鼻音ん。

	A-	K-	S-	T-	N-	H-	M-	Y-	R-	W-	-n
清音											**鼻音**
a 行	あ a	か ka	さ sa	た ta	な na	は ha	ま ma	や ya	ら ra	わ wa	ん n
i 行	い i	き ki	し shi	ち chi	に ni	ひ hi	み mi		り ri		
u 行	う u	く ku	す su	つ tsu	ぬ nu	ふ fu	む mu	ゆ yu	る ru		
e 行	え e	け ke	せ se	て te	ね ne	へ he	め me		れ re		
o 行	お o	こ ko	そ so	と to	の no	ほ ho	も mo	よ yo	ろ ro	を (w)o	
	母音	無聲子音＋母音									

濁音、半濁音、促音、拗音等變化，都是在清音的基礎上變化，因此學好清音，就等於完成了 90% 的課題。

鼻音（撥音）

鼻音又稱撥音，即五十音中的ん。**ん**無法單獨存在，須接在其他假名後面使用。例如，観光＝か**ん**こう、富士山＝ふじさ**ん**。

濁音 / 半濁音

　　清音右上角加「゛」就是濁音。原本清音：無聲子音＋母音，在濁音的情況下，變為：有聲子音＋母音。日語五十音中，只有か行、さ行、た行、は行有濁音。

　　而在清音右上角加上「゜」，就是半濁音。半濁音只有は行一行，共五個字而已。濁音和半濁音的發音差異，和英文 b-/p- 相同：ば因接近巴（ba），ぱ音接近趴（pa）。

濁音					半濁音
濁音「゛」					**半濁音「゜」**
G-	Z-	D-	B-		P-
a行 が ga	ざ za	だ da	ば ba		ぱ pa
i行 ぎ gi	じ ji	ぢ ji	び bi		ぴ pi
u行 ぐ gu	ず zu	づ zu	ぶ bu		ぷ pu
e行 げ ge	ぜ ze	で de	べ be		ぺ pe
o行 ご go	ぞ zo	ど do	ぼ bo		ぽ po
無聲子音＋母音					

小提醒：濁音時じ/ぢ、ず/づ發音相同，但無法彼此替代。初學者學新單字，如果聽到這兩個音出現，應查字典確認使用的是哪個假名，以免出錯。打電腦時則以じ/ぢ（ji/di）、ず/づ（zu/du）區分。

▌促音

　　促音就像樂譜中的休止符一樣，正確的促音念法是：看到促音停頓一拍後再擠出後面的音。有無促音的單字意義完全不同，例如：

- ▶ 音（おと）/ 夫（おっと）
- ▶ 砂糖（さとう）/ 殺到（さっとう）
- ▶ 鹿（しか）/ 失火（しっか）
- ▶ 世間（せけん）/ 石鹼（せっけん）

　　有無促音意義完全不同。因此練好促音發音，是非常重要的基本功課。

　　手寫時**橫書的促音っ應該縮小偏左下，直書時應縮小偏右上**，整體**較靠近前一個假名**。要以羅馬字表記促音時，直接重複促音後接續的子音一次，就可代表促音。打電腦時，輸入方式同羅馬字表記法。如果輸入錯誤，需要單獨輸入小っ，則可直接輸入 ltu/xtu，即可打出縮小的っ。

▌拗音

　　い段音＋縮小的ゃ/ゅ/ょ，即稱為拗音。例如，日文にやにや是笑瞇瞇的意思，但にゃにゃ則是貓叫聲「喵喵～」。組成的文字完全相同，但意義卻不同，唯一差異就在於大や代表普通的や，小的ゃ則代表拗音。手寫時，橫書的拗音っ應該縮小偏左下，直書時應縮小偏右上，整體較靠近前一個假名。

　　拗音的情況下，發音只做一個音來讀，就和中文注音符號拼在一起念的概念

相同。舉例來說，「し」讀音為「西」，拗音的「しゃ」讀音則為「蝦」。相當於
西＋押＝蝦。
（注音：西 ㄒㄧ、押 ㄧㄚ、蝦 ㄒㄧㄚ）

　　拗音是音節規則中唯一的例外。出現拗音的情況下，前面的五十音和後面的拗
音要合成一個音節，只發一個音。因此，にやにや（ni + ya + ni + ya）為 4 個音節，拗音的にゃにゃ（nya + nya）則
為 2 個音節。

　　拗音原本是日本人為了讀漢語詞彙，用現有的讀音「硬拼出來」的讀音（上古
日語原本沒有拗音），但經過千年磨合，拗音已是日語中隨處可見的一環，尤其常
見於我們所熟悉的漢語詞彙，例如：

　▶了解 りょうかい　　　▶修行 しゅぎょう　　　▶表情 ひょうじょう

特殊音

　　外語的發音往往很特殊，用既有的五十音發音規則無法處理的時候，就會用特
殊音的方式「硬拼出來」——和千年前拗音誕生的原理如出一轍——但由於拗音只
限用ゃ／ゅ／ょ三個字，無法囊括全球化多元的各國語音，因此將ァ／ィ／ゥ／ェ／
ォ縮小（同拗音的作法）來創造特殊音，以求逼近外國語音的特殊音誕生。例如：

　▶沙發 Sofa ＝ソファー
　▶派對 Party ＝パーティー
　▶櫻桃 Cherry ＝チェリー
　▶伏特加 Vodka ＝ヴォッカ
　▶杜特蒂❷ Duterte ＝ドゥテルテ

❷菲律賓總統（任期 2016 年～）。

▋長音

　　單字中出現**母音重複出現**的情況時，發音常需拉長、延長，將**前後兩字合為一個長音來念**。像大阪＝**おお**さか，應念作お～さか；お母さん＝**おかあ**さん，應念作おか～さん；空気＝**くう**き，應念作く～き。**這種長音的羅馬字標記為母音上加一橫「‑」或小蓋子「^」**，例如大阪＝**おお**さか，羅馬字可寫為 ōsaka/ôsaka，以羅馬字輸入法打字時，應重複兩次母音，將 ō 改以 oo 輸入。

　　另外，如下表藍色部分所示，**出現「え行＋い」及「お行＋う」時，通常也要當做長音念**。例如，性格＝**せい**かく，應唸作せ～かく；要素＝**よう**そ，應唸作よ～そ；崩壊＝**ほう**かい，應唸作ほ～かい。這類長音的羅馬字標記較複雜，例如要素＝ようそ＝ yōso，但另一方面性格＝せいかく＝ seikaku。以羅馬字輸入法打字進電腦時，則應寫為 youso 及 seikaku。

長音		
前面的假名	母音重複出現	範例
あかさたなはまやらわ	あ	母さん＝かあさん（か～さん） 祖母さん＝ばあさん（ば～さん）
いきしちにひみり	い	新潟＝にいがた（に～がた） 椎茸＝しいたけ（し～たけ）
うくすつぬふむゆる	う	通話＝つうわ（つ～わ） 数学＝すうがく（す～がく） 有益＝ゆうえき（ゆ～えき）
えけせてねへめれ	え／い	良え＝ええ（え～） 計画＝けいかく（け～かく） 性格＝せいかく（せ～かく）
おこそとのほもよろを	お／う	大阪＝おおさか（お～さか） 崩壊＝ほうかい（ほ～かい） 要素＝ようそ（よ～そ）

日語中，長音的音節應算為二個音節。雖然おお兩字合念成一個お～，かあ兩字合念成一個か～，但總歸只不過是兩個音連成一氣念，仍是兩拍，因此算兩個音節。

日語中也可廣泛見到**來自外來語的長音**。依規範❸，凡是原文中屬長音的，就應**以長音記號「一」**❹呈現原文語音。例如：

- Suit 　　 スーツ（sūtsu）　　　　西裝
- Noodle 　ヌードル（nūdoru）　　　麵
- Taxi 　　 タクシー（takushī）　　　計程車
- Disney 　ディズニー（deizunī）　　迪士尼
- Car 　　　カー（kā）　　　　　　 汽車

當英語詞彙中的長音 -ar/-or/-er 置於語尾時，原則上都會使用長音記號，但**少數情況下，亦可省略長音記號而不算誤用**。

- Elevator　エレベーター / エレベータ
- Computer　コンピューター / コンピュータ

以上的長音規則或許看起來繁多，但**其實你根本不要去背它們**，每天開口念五次範例中的詞，大約練習兩三天後，就能熟練。接下來就是無招勝有招，再也不需要為判斷長音而煩惱了。（相反地，如果你想靠背規則來判斷長音，在閱讀日文時速度會很慢，而且還未必能確實掌握！）

QR code!
外来語の表記
https://bit.ly/2lJw27Q

---

❸外来語の表記 https://bit.ly/2lJw27Q
❹稱為長音符（ちょうおんぷ），又稱音引き（おんびき，「音拉長」之意），俗稱伸ばし棒（のばしぼう，「延長棒」之意）。

▌重音

日語的重音只分高低聲調，不分強弱。

有別於中文的四聲的高低起伏是絕對的概念，**日語的聲調高低音，是前後音互相比較得出的高、低**。也就是說，如果某一個音是單音節字，則在你把它放到一個句子裡之前，就沒有重音的問題。但如果一個單字裡面有兩個以上的音，就一定會有重音位置在哪、何時高低變化的問題。

正規日語重音的表示方式有兩種，劃線與數字。劃線的作法要看線在字的哪個位置打折上升、下降，就代表要低音變高音，或高音變低音的位置。數字則代表「說完這個音節，聲調下降」的位置，在字典中多採用數字的方式。詳如下圖所示。

重音位置	高低變化	表示方式
0	もも（桃）	❶ もも ❷ もも。 ❸ もも [0]
1	もも（腿）	❶ もも ❷ もも ₁ ❸ もも [1]
2	おに（鬼）	❶ おに ❷ おに ₂ ❸ おに [2]

日文重音的 2 個基本規則為：

1. 第一個音和第二個音必定是「高→低」或「低→高」，不會一樣高。

2. 每個字中下降成低音的次數僅限一次。一旦由高音降為低音，就不會再升成高音。

如左圖的範例，不論是劃線或數字，**通常都只會標出重音下降的位置，而第一音和第二音要一高一低的這個原則，並不會標出來，請把這個原則好好記在心裡**，對你的日語發音，會有很大的幫助。

　　下表呈現日文重音聲調的各種範例。圓形實心點代表各個字音，線條走向代表音高變化，虛線及箭頭代表單字後如接上助詞，助詞應用高音或低音。

日語重音發調表

	單音節	雙音節	三音節	四音節	五音節
0	え ＝枝	もも ＝桃	ひつじ ＝羊	ふうりん ＝風鈴	ぬいぐるみ（絨毛娃娃）
1	え ＝絵	もも ＝腿	かぞく ＝家族	タクシー（Taxi）	アーモンド（Almond）
2		おに ＝鬼	たまご ＝卵	ちかしつ ＝地下室	リサイクル（Recycle）
3			ふくろ ＝袋	コーヒー（Coffee）	モノレール（Monorail）
4				おとうと ＝弟	さようなら（再見）
5					せんめんじょ ＝洗面所

　　從上表即可一目瞭然地看出，日語重音基本規則中「第一個音和第二個音必定不一樣」，以及「每個字只會由高音降為低音一次」究竟是什麼意思。請將**表格中每個單字依照聲調曲線，緩慢地念出聲，以確實練習日語重音變化的感覺。**

　　特別要留意的是，重音位置在 0 的單字（第一列）和每行最後一個單字，實線部分曲線走向都相同，虛線部分卻不一樣。單字後的助詞音高，乃受助詞前面單字

為何決定。單字後面助詞的音是高，或是低，則如圖中虛線箭頭的指向。

日語詞彙中即便寫法相同，高低重音位置不同，就能代表截然不同的另一個意義。例如：

► 買う [0]／ 飼う [1]
► 桃 [0]／ 腿 [1]

究竟是要買狗，還是養狗？究竟是喜歡桃子，還是喜歡大腿？口語時完全一樣的字音，不同的語調，聽者會有不同的理解。這就是日語重音重要之處。

不過，也不必太過苛求自己強記重音位置，原因有二。

其一，日本各地方言很多元，不同地區重音擺放的位置其實經常不一樣，字典所載的是如今稱為 標 準 語的東京方言所採用的重音，來自不同地方的日本人，彼此間重音和慣用語也難免有差異。大多數的情況之下即便重音不夠標準，對方還是能根據文脈判斷你想説什麼。

其二，在單字重音規則之餘，複合單字（單字與單字結合）會使重音改變，單字組合成句子時音調也會變化，不同語氣（疑問、感嘆、拒絕、徵求認同等）又會造成音調高低改變。這牽涉到廣泛的理論及實務上的特例，因此音調這種東西與其死背，不如多聽多説，就能逐漸熟練。

QR code!

Weblio 線上字典
https://www.weblio.jp

Weblio 線上字典 https://www.weblio.jp

說明：在最上方搜尋欄位輸入日文，點「項目を検索」，可供快速查詢日語單字重音位置。

附錄二 日語動詞原來如此 ──────────

　　中文透過在動詞前後增加輔助性詞彙來增添意思，比如「見面」這個動詞，加上想、的話、了……等，變成「想」見面、見面「的話」、見面「了」，就有了不一樣的意思。日文動詞¹的使用方式，則是透過動詞活用變化²，來改變動詞。請看下表：

動詞	原形	禮貌	希望	否定	過去式	假設	命令	意志	特徵
中文動詞	見面	見面	想見面	不見面	見過面了	見面的話	去見面！	見面吧！	在動詞前後加字以增添意義
日文動詞	会う a u	会います a i ma su	会いたい a i ta i	会わない a wa na i	会った a tta	会えば a e ba	会え a e	会おう a ō	用動詞活用變化的方式改變涵義

　　日文動詞活用變化，簡稱動詞變化，這是中文中所沒有的概念。但其實透過動詞變化來改變動詞本身的意思，這種文法對你來說並不陌生。

　　過去學英文時，你也學過英文的動詞變化。例如：「看」的動詞三態為 watch/watched/watched。規則動詞 watch 這個動詞原型，表示的是現在式的「看」；但加上 -ed 就成了過去式和過去完成式的 watched，聽者不需要任何其他輔助的文字，也能接收說話的人想表達的是過去式的「看過了」的意思。日文的動詞變化和英文時態變化的概念幾乎一樣。只不過日文動詞變化不像英文這麼單純，總共有七種不同的變化。

1.動詞
dō shi

2.活用変化
katsuyō hen ka

　　每一個日文動詞都由語幹和活用語尾兩部分組成。語幹是動詞的核心，不論動詞怎麼變化語幹都不變化；活用語尾則是依照動詞活用變化的規則，會變來變去的部分。變化活用語尾，就可以改變動詞附加的意義。以表格中的会う為例：

会う ＝ 会 ＋ う

↑　　　　　↑　　　　　↑

動詞　　　語幹　　　活用語尾
（不變，核心意義）（變化，附加意義）

　　就和英文時態變化有分規則動詞和不規則動詞❶一樣，日文的動詞也分類，每個類別中，動詞活用語尾變化邏輯不同。因此在學怎麼活用變化動詞之前，要先了解日文動詞的分類規則。日文動詞的分類共有兩種系統。大約三、四十年前，不分日本人、外國人，學習日文時都遵照日本的国語教育系統，學習分為五種類的動詞分類法則，其中包含現在還是很常聽到的五段動詞；近年來日本官方針對外國人學生所推行的日本語教育教材，則全面改換「動詞三種類（3 groups）」的分類方式。

　　雖然專為外國人設計的日本語教育中動詞只分三類，但其實該學的一個也沒少，只是換湯不換藥，將国語教育中的五段動詞稱為第一類動詞，上一段動詞、下一段動詞合稱為第二類動詞，か變和さ變動詞合稱第三類。（詳見 P274 的表格）

　　就文法邏輯來看，日本国語教育分為五段活用動詞、上一段活用動詞、下一段活用動詞、カ行変格活用動詞、サ行変格活用動詞，其命名方式清楚説明了分類的原則。五段動詞之所以要叫「五段」，是因為變化時，活用語尾會有あいうえお五段變化。上一段、下一段之所以稱為「上、下段」，是以う為準，い是う的上一段，而え是う的下一段，不論動詞

3.**語幹**
go kan

4.**活用語尾**
katsuyō go bi

5.**国語**
koku go

6.**教育**
kyō iku

7.**五段活用動詞**
go dan katsuyō dō shi

8.**上一段活用動詞**
kamiichidan katsuyō dō shi

9.**下一段活用動詞**
shimoichidan katsuyō dōshi

---

❶英文規則動詞，即過去式、過去完成式皆為「動詞 +ed」的動詞。例如：watch/watched/watched。英文不規則動詞即變化並非「動詞 +ed」的動詞，通常需要靠背誦記憶。例如：run/ran/run（而不是 run/runed/runed）。

如何變化，活用語尾不變，只會是「上、下段」，因此稱為上下段動詞。か変動
詞、さ変動詞則是特例，因此特別獨立出來。（詳見下表特徵欄之説明）

国語教育	日本語教育	ます形	辞書形	特徵
五段活用動詞	第一類動詞	立ちます ta chi ma su 言います i i ma su 飲みます no mi ma su 遊びます aso bi ma su 走ります hashi ri ma su 切ります ki ri ma su 入ります hai ri ma su	立つ ta tsu 言う i u 飲む no mu 遊ぶ aso bu 走る hashi ru 切る ki ru 入る ha i ru	①結尾一定是う段音 ②動詞活用變化時，將結尾的う段音變作あいうえお五段音來變化（因此叫做五段活用）
上一段活用動詞	第二類動詞	借ります ka ri ma su 起きます o ki ma su 信じます shin ji ma su 見ます mi ma su	借りる ka ri ru 起きる o ki ru 信じる shin ji ru 見る mi ru	①一定是る結尾 ②結尾る的前面是い段音 ③動詞變化時去掉る即可（因為所有的活用都是い段音，是う的上一段，所以稱為上一段） ④通常為漢字＋い段音＋る結尾（漢字直接加る結尾的通常是五段動詞）
下一段活用動詞		食べます ta be ma su 止めます to me ma su 入れます i re ma su 受けます u ke ma su 出ます de ma su	食べる ta be ru 止める to me ru 入れる i re ru 受ける u ke ru 出る de ru	①一定是る結尾 ②結尾る的前面是え段音（因為所有的活用都是え段音，是う的下一段，所以稱為下一段） ③動詞變化時去掉る即可 ④通常為漢字＋え段音＋る結尾（漢字直接加る結尾的通常是五段動詞）
か変動詞	第三類動詞	来ます ki ma su	来る ku ru	不規則變化。只有這一個，記起來即可
さ変動詞		します shi ma su	する su ru	不規則變化。只有這一個，記起來即可

以五段動詞例子中的第一個詞：立つ（辞書形）為例，立つ＝立（語幹）＋つ（活用語尾）。當動詞要由辞書形變化成ます形時，立（語幹）不變化，つ（活用語尾）則變化為ち，整體變為立ちます（ます形）。在其他的變化中，活用語尾還會變化成其他段的音，共有五段。因此**這類變化時會有五段音變化的，就稱為五段動詞**。

和五段動詞相比，**上、下段動詞的變化很單純**，上、下段動詞的活用語尾中一定是「い段音＋る」或「え段音＋る」。**在活用變化時，去掉る以上一段、下一段音作為活用語尾使用即可。**

因為上下段動詞一定是る結尾，五段動詞則有各種不同的活用語尾（つ、う、む、る…等，都是う段音），所以只要結尾不是る的時候，就一定是五段動詞，但結尾是る的時候，則須依る前面是不是い段音／え段音來做初步判斷。只要不是い段音／え段音，也一定是五段動詞。

如果真的是い段音／え段音加る，最後再看看る前面是不是緊黏著漢字。比如，「知る」是い段音＋る，但漢字後面直接緊黏著る，這種通常都是五段動詞，而不是上下段動詞。反過來說，上下段動詞的る前面，通常並不會直接是漢字，而會夾一個五十音。

但**語言只要有原則就有例外**，例如上、下段動詞列表中最後一項，語幹直接接上る，中間沒有額外五十音的上、下段音，看似應該歸入五段動詞，但偏偏他又是上、下段動詞。這類漢字直接緊黏著る，卻是上下段動詞的，一共有 12 個[2]：

►上一段動詞：居る、着る、煮る、見る、射る、鋳る、似る、干る
►下一段動詞：得る、出る、寝る、経る

[2]此處視同音類義詞為相同詞，因此僅列出 12 個詞。例如讀音皆為みる的：見る／看る／診る，屬意思非常相近，漢字表達不同的同音類義詞，在日文動詞分類上因此視為相同的詞彙。

參考下圖的分類法，試著將以下七個動詞分類看看吧！

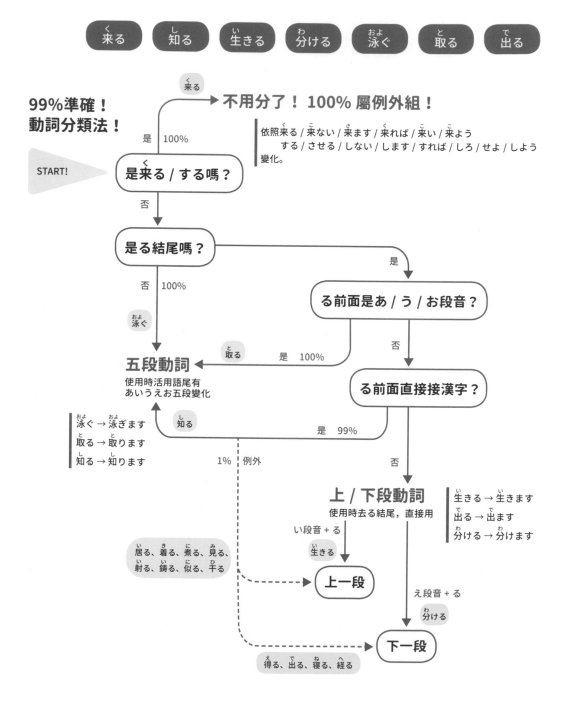

　　日文動詞活用變化是許多日文學生心中之痛。在跨越五十音的難關後，多數人會卡在動詞這關，其中也有非常多人在此放棄。有些學生想要快速上手動詞變化，因此靠努力背規則、大量寫習題來練習。這確實也是個方法，但我並不推薦。

　　我建議你一方面要閱讀、了解動詞變化的規則，但也要試著別太在意這件事。為什麼？這邊要說一個日文學生們絕對不會注意到的重要事實：會考你日文動詞分類、動詞活用變化規則的只有你的日文老師。不管是 JLPT 哪個等級的日語測驗，都不會單考動詞變化規則，當然你在閱讀日文文章的時候，也並不需要思考「現在出現的這個動詞到底是哪一類？」

　　日文老師們是教育者，他們很怕你看到陌生單字時，會不知道那個單字是分在哪一類裡，並因此不知道怎麼變化、活用那個動詞，因此日文老師們一定要靠考試來確定你都有記住那些規則。

　　這就像化學老師一定會考你元素週期表一樣。氫鋰鈉鉀銣銫鍅鈹鎂鈣鍶鋇鐳氦氖氬氪氙氡氟氯溴碘……，還沒完！其中有些元素固然常用，但也有些元素符號甚至連你考上大學唸了化學系，也未必遇得上幾次。但化學老師就是很怕你看到這些化學元素符號時，不知道那是哪一族，所以所有人都在背週期表，所有老師都在考週期表。（明明對一般人而言，要用時再上網 google 就好！）

　　然而，實際在你初學日語、使用日文的過程中，你遇到的所有動詞都是「已經變化完成」的狀態。也就是說，你並不需要擔心，你會變不出來。

　　雖說日語動詞的活用變化真的很多，比如：立つ、立ちます、立たない、立って、立った、立てば、立とう，各自都有不同的含義，每個活用變化各有不同的使用時機，可是正因為在日文文章中你只會看到已經變化完成的動詞，所以你完全不會需要回答這個動詞是哪一類。

　　而且，當你未來某一天，真的要用那個動詞時，你曾經看過那個動詞的經驗，自然而然會讓你的大腦知道怎麼使用這些動詞。這是因為你閱讀過的日文文章、聽

過的日語累積得夠多，無形中你見過的日文動詞變化就自然地記住了，動詞活用變化就變成一種不經大腦的反射動作，你就能水到渠成、應用自如。

所以比起叫你練習動詞分類的判斷規則（而這個規則還有不少例外會整死你），我的真心話其實是：「動詞……幹嘛要背它是哪一類？日文聽得多、看得多了，自然就知道怎麼用！」多看、多聽、多讀日文，你會快速地像海綿般吸收這些「動詞變化的實例」，等到累積的經驗夠多時，再回頭看規則，就會很容易上手。

反言之，一開始看過的日文單字沒幾個，就要開始背背背，背這個是哪一類動詞，那個要怎麼變化？只怕你會背到頭暈眼花，一點樂趣都沒有，然後實際上也記不住真正的變化方式，再不然就是敗在那些可怕的例外上，那就本末倒置啦！

附錄三　是火自己熄掉的嗎？一次弄懂自動詞／他動詞

日文中，動詞可分為自動詞、他動詞兩種。動作若是自然發生，而非外力使然的，屬於自動詞（自己產生的動作）；有動作人及受影響的主體的動作，則是他動詞（他人做動作）。

中文沒有自動詞、他動詞的區別，但日文大部分的動詞會有兩種不同型態。例如，「熄掉」可分為消える（自動詞）／消す（他動詞）。以下兩個例句呈現的結果都是「火熄了」。但火怎麼熄的，就影響到句子的結構，**火如果是自己燃料用罄熄掉，那算是自己產生的動作，要使用自動詞；火如果是被人熄掉，則要用他動詞**：

▶ ① 火が消える。（火熄掉。）
▶ ② 火を消す。（把火熄掉。）

在例句一中看到が，が是用來提示主詞，因此我們知道火是這個句子中唯一的主詞，是「火自己熄掉」。既然**火是自己熄掉的**，不是其他人或外力造成，因此就是**使用自動詞**的消える。

例句二中，可以**看到提示動作受詞的格助詞を**，這個を告訴我們，**火是被什麼人給熄掉的**。因為火是被某人熄掉的，不是自己熄掉的，**因此用他動詞**的消す。在例句二中，其實省略了滅火的人。如果將這句重寫，把動作的某人放回到句子中，則會得到〇〇が火を消す。（〇〇把火熄掉。）如果你覺得似懂非懂，請看接下來的例句三：

1. 自動詞
ji dō shi

2. 他動詞
ta dō shi

3. 消える
ki e ru

4. 消す
ke su

5. 火
hi

▶ ③ 消防士が火を消す。（消防隊員把火給熄掉。）

　　像例句三一樣，把滅火的人寫出來的話，自動詞和他動詞的差異就一目瞭然。例句三中的が表明消防士這個做動作的主角，正好和例句一中が前面的火對比。例句三是消防士做的動作使火熄，例句一則是火自己熄了。

　　他動詞和自動詞翻譯到中文時，最簡單的差異就是：能不能套用「把……」、「讓……」的句型。例如：

▶ ① 火が消える（火熄掉）/ 火を消す（把火熄掉）
▶ ② 水が流れる（水流淌著）/ 水を流す（讓水流）
▶ ③ 母さんが悩む（媽媽煩惱）/ 母さんを悩ます（讓媽媽煩惱）

　　日文文章中要**使用自他動詞並沒有絕對的規則**，而是**視作者寫作時的觀點、重視的面向而決定用哪個**。有時你可能會覺得這裡應該用自動詞，作者卻用了他動詞，到底作者要說的是什麼，越看越糊塗。這時候也可以試著應用「把……」、「讓……」的句型，往往就知道作者想要強調的到底是什麼了。

1. 水
mizu

2. 流れる
naga re ru

3. 流す
nagasu

4. 悩む
nayamu

5. 悩ます
naya ma su

　　自他動詞通常為兩兩一組，就像太極一樣，彼此有固定的配對。P281 的表格，說明了自他動詞常見的配對規律。

　　第一種常見的規律，是自他動詞都用る結尾（第一列）。這情況下，通常自動詞為あ行＋る，與此相對他動詞則為え行＋る。這類動詞又以自動詞まる結尾↔他動詞める結尾為大宗（第二列）。另一種常見的規律則是自動詞為る結尾，而他動詞為す結尾（第三列）。

自動詞 / 他動詞		
配對規律 自動詞↔他動詞	自動詞	他動詞
あ行＋る↔え行＋る	混^まざる ma za ru 儲^{もう}かる mō ka ru 備^{そな}わる sona wa ru	混^まぜる ma ze ru 儲^{もう}ける mō ke ru 備^{そな}える sona e ru
まる↔める	詰^つまる tsu ma ru 止^とまる to ma ru 始^{はじ}まる haji ma ru	詰^つめる tsu me ru 止^とめる to me ru 始^{はじ}める haji me ru
る / れる ↔す	照^てる te ru 出^でる de ru 成^なる na ru 流^{なが}れる naga re ru 逃^{のが}れる noga re ru 消^きえる ki e ru	照^てらす te ra su 出^だす da su 成^なす na su 流^{なが}す naga su 逃^{のが}す noga su 消^けす ke su

以上說的規律只能作為輔助判斷，因為**自他動詞的世界常有例外**。而且也有些動詞只有自動詞沒有他動詞，或相反只有他動詞沒有自動詞；另外，**也存在自他動詞同型態的動詞**。各種自／他動詞的例子，如下表：

自動詞 / 他動詞

中文	他動詞	他動詞	他動詞
集合	集まる atsu ma ru	集める atsu me ru	まる ↔ める
結束	終わる o wa ru	終える o e ru	あ行 + る ↔ え行 + る
開啟	開く hira ku	開ける hira ke ru	例外，不符合任何規則
熄掉	消える ki e ru	消す ke su	る / れる ↔ す
增加	増える fu e ru	増やす fu ya su	る / れる ↔ す
掉落	落ちる o chi ru	落とす o to su	る / れる ↔ す
治好	治る nao ru	治す nao su	る / れる ↔ す
開花	咲く sa ku	X	例外，純自動詞 （沒有「把花給開了」這種事）
吃	X	食べる ta be ru	例外，純他動詞 （吃這個動作一定是某人 / 某動物把 XX 吃了）
說	言う i u	言う i u	例外，自他動詞同型態

　　要學會自他動詞最好的方式還是老話一句：不要費力去背，例外真的太多了。多看文章和電視，看久、聽久了就會習慣這些微妙的差異，屆時不需要背，也能應用自如。

五十音不靠背：學過一次記得一輩子的假名課 /
神奇裘莉著 .-- 初版 . -- 新北市： 臺灣商務，
2019.10
　　面　；　公分
ISBN 978-957-05-3236-4(平裝)

1. 日語 2. 語音 3. 假名
803.1134　　　　　　　　　　　108015895

Ciel

五十音不靠背

學過一次記得一輩子的假名課

作　　者—神奇裘莉

發 行 人—王春申
總 編 輯—李進文
責任編輯—王育涵
封面設計—吳郁嫻
版型設計—吳郁嫻
書籍插畫—吳郁嫻
校　　對—韓宇玟

業務組長—陳召祐
行銷組長—張傑凱
出版發行—臺灣商務印書館股份有限公司
　　　　　23141 新北市新店區民權路 108-3 號 5 樓（同門市地址）
電話： (02)8667-3712　傳真： (02)8667-3709
讀者服務專線：0800056196
郵撥： 0000165-1
E-mail：ecptw@cptw.com.tw
網路書店網址：www.cptw.com.tw
Facebook：facebook.com.tw/ecptw

局版北市業字第 993 號
初版一刷：2019 年 10 月
印刷：沈氏藝術印刷股份有限公司
定價：新台幣 380 元
法律顧問—何一芃律師事務所